친절한 엄마가 아니어도 괜찮아

친절한 엄마가 아니어도 괜찮아

초판 1쇄 발행 | 2023년 9월 25일

지은이 최다희
발행인 한명선

주소 서울시 종로구 평창길 329(우편번호 03003)
문의전화 02-394-1037(편집) 02-394-1047(마케팅)
팩스 02-394-1029
전자우편 saeum2go@hanmail.net
블로그 blog.naver.com/saeumpub
페이스북 facebook.com/saeumbooks
인스타그램 instagram.com/saeumbooks

발행처 (주)새움출판사
출판등록 1998년 8월 28일(제10-1633호)

© 최다희, 2023
ISBN 979-11-7080-022-4(03810)

이 책은 저작권법에 따라 보호받는 저작물이므로 무단전재와
무단복제를 금지하며, 이 책 내용의 전부 또는 일부를 이용하려면
반드시 저작권자와 새움출판사의 서면동의를 받아야 합니다.

• 잘못된 책은 바꾸어 드립니다.
• 책값은 뒤표지에 있습니다.

 은 새움출판사의 에세이 브랜드입니다.

엄마이자 나로 성장하는 일상 루틴

친절한 엄마가 아니어도 괜찮아

최다희 에세이

뜻밖

2 딱 1년만 혼자 키우겠습니다

3 아까우니까 천천히 자라렴

4 나는 육아휴직자입니다

5 오늘이 가장 좋은 날

한 인간을 키워낸다는 것은 생각보다 멋진 일이다

아기띠에 의지해 품에 잠든 셋째와 함께 베란다로 나가 조심스럽게 창문을 열었다. 창문 사이로 들어오는 바람이 어쩌나 적당히 시원한지 순간 유명한 영화 대사가 생각났다.

'거, 죽기 딱 좋은 날씨네.'

나만 빼면 모든 게 적당하던 그날, 나는 하지 말아야할 생각을 하고 말았다. 직업군인인 남편의 해외파병이 결정타가 되어 돌아왔다. 우리 부부는 계획대로 셋째 아이까지 순탄하게 얻은 케이스다. 가는 길이 울퉁불퉁하긴했지만, 아이를 잘 키워보려는 마음 하나로 갖은 노력을 해서 나름대로 육아에 자신이 있었다. 그러나 남편의 해외파병은 내 삶에 엄청난 파장을 일으켰다.

모두가 염려한 대로 남편의 도움 없이 혼자 하는 육아는 정말 힘들었다. 정신적, 육체적 고통은 물론, 아이들 앞에서 생각과 다르게 행동하는 나를 볼 때마다 죄책감마저 들었다. 그런데 아이를 키우는 엄마들과 이야기를 나누면서 이런 감정이 나 혼자만 느끼는 게 아니라는 것을 알게 되었다. 그러고 보니 그 어디에도 '육아가 너무 재미있다', '하나도 힘들지 않다'라고 말하는 엄마는 없었다.

　육아는 원래 힘든 것이었다. 나는 그 사실을 남편 없이 혼자 세 아이를 키우면서 뒤늦게 깨달았다. 모든 것을 인정한 그날 이후 내 일상에도 크고 작은 변화가 찾아왔다. 완벽하기보다 적당히, 비교하기보다 오롯이 내 방식대로 육아에 전념했고, 그렇게 보낸 하루하루가 쌓이자 척박했던 내 삶에도 다시 반들반들 윤이 나기 시작했다.

　육아는 신세계였다. 상상을 초월하는 일이 쉴 새 없이 쏟아졌지만, 나는 그 속에서 본연의 나를 발견했다. 내가 무엇을 가장 좋아하는지, 언제 행복한지, 어떤 것에 취약한지 육아를 통해 포장지 안에 꼭꼭 숨겨져 있던 투명한 나를 만났다. 만약 내가 아이를 키우지 않았더라면 지금의 나를 만나진 못했을 것이다. 그리고 더 성숙한 인간으로도 살지 못했을 것이다.

한 인간을 키워낸다는 것은 생각보다 멋진 일이다. 이미 이 사실을 알고 있는 당신에게는 '나 역시 당신과 같은 길 위에 서 있다'고 위로와 공감을 해주고 싶다. 그리고 선택의 기로에 서 있는 당신에게는 새로운 세계의 문을 열고 들어설 수 있는 용기와 응원을 해주고 싶다.

이 책은 그 마음 하나로 세 아이를 혼자 키우면서 어렵사리 완성했다. 부디 내 마음이 전해지길 바란다.

오늘도 육아 전선에서,

최다희

1
어서 와,
군관사는
처음이지?

그래서 나는 다를 줄 알았다

아이가 없던 신혼 시절, 나의 퇴근길 루틴은 마트에 들러 저녁 찬거리를 사서 귀가하는 것이었다. 그날도 어김없이 마트에 들러 장을 보고 있었다. 북적이는 사람들 속에서 홀로 울고 있는 아이가 내 발목을 잡았다. 대여섯 살쯤 되어 보이는 남자아이는 스낵코너 앞에서 뭐가 그리도 서러운지 눈물 콧물을 다 빼고 서 있었다.

나는 걱정도 되고 한편으론 아이가 안쓰럽기도 해서 엄마를 찾아 주변을 서성이던 중, 아이 곁으로 성큼성큼 다가오는 한 여자와 마주하게 되었다. 지극히 평범해 보이는 그녀는 아이를 보자마자 날카롭게 소리쳤다.

"안 돼! 안 된다고 했지! 내려놓고 빨리 와!"

아이에게 협박에 가까운 말을 내뱉는 그녀가 아이의 엄마임을 알아챈 순간, 나도 모르게 개념 없는 엄마라 생각했다. 그리고 나는 절대 저렇게 아이를 키우지 말아야 겠다고 다짐했다. 지나고 보면 그때의 나는 너무 교만했다. 육아의 '육' 자도 모르는 결혼한 지 얼마 안 된 새댁이었으니 전후 사정을, 육아의 세계를 알 리 만무했다.

더욱이 CS강사로 수많은 사람을 만나고 강연을 하면서 친절과 자동 미소를 장착하고 살아가던 내겐 그 상황이 전혀 납득이 되지 않았다. 아이를 달래면 될 것을 왜 소리를 지르는 건지. 자신보다 약자인 아이에게 불친절한 사람을 나는 눈곱만큼도 이해할 마음이 없었다.

그래서 나는 다를 줄 알았다. 지난 10년간 서비스 현장을 누비면서 다진 내공으로 뼛속까지 친절한 사람이라 스스로 확신했기 때문이다. 하지만 육아의 세계에 발을 들인 순간, 그건 순전히 내 착각이었음을 빠르게 알아차렸다. 그리고 처음으로 내 밑바닥을 본 날, 나는 내 자신에게 크게 실망했다. 교육생들에게 입버릇처럼 말하던 '모든 행동에 진심을 담아라'라는 말이 무색할 정도로, 나는 필요에 따라 아이들에게 위장 눈빛을 한 채 날것 그대로의 나를 훤히 드러내고 있었다.

육아는 내게 그랬다. 그 어떤 고객을 상대하는 것보다

16

진땀 나게 했고, 육아 우울증은 일하면서 겪었던 어떤 슬럼프와도 비교할 수 없을 만큼 깊고 진했다.

그렇지만 그 모든 것을 단박에 뛰어넘는 경이로움이 있었다. 힘든 하루 중 아이가 건네는 맑은 미소와 세상의 아름다움을 담은 말 한마디를 들을 때면 설명할 수 없는 벅찬 감동이 밀려와 눈물이 쏟아져 내렸다.

나는 이 이상하고 오묘한 육아의 세계에서 더는 친절한 CS강사가 아니었다. 하루에도 수십 번씩 바닥과 우주를 넘나드는 요동치는 감정과 줄다리기를 하는, 그저 평범한 엄마일 뿐이었다.

변기 잘 뚫어주는 남자

　군인인 남편은 꽤 다정한 사람이다. 그의 다정함은 결혼생활 중에도 불쑥불쑥 튀어나오곤 했는데, 특히 그가 변기를 뚫어줄 때의 다정함이란 내가 느낀 세상 모든 다정함을 갖다 놓는다고 해도 비교불가 수준이었다.

　나는 난생 처음 육아라는 것을 하면서 없던 변비가 생겼다. 민감한 아이는 잠시도 나와 떨어져 잠을 자려 하지 않았고, 그 때문에 나는 먹는 것도 잠시 쉬는 것도 늘 아이 옆에서 해야만 했다. 여기까진 그래도 참을 만했다. 그러나 생리 현상도 아이와 함께 해결해야 한다는 것은 나로선 도무지 감당할 수 없는 일이었다.

　'아무것도 모르는 아이인데 뭐 어때?'라고 생각할 수도 있겠지만, 거사를 치르는 중요한 순간 나를 빤히 올려다보고 있는 두 개의 눈동자를 보고 있노라면 나도 모르게 불편한 마음이 솟구쳐올랐다.

이런 감정을 느끼고 싶지 않아 때때로 남편이 퇴근해서 돌아오는 시간까지 무작정 변을 참는 날도 있었다. 그게 하루 이틀, 한 달 두 달이 넘어가자 습관이 되어버렸고, 결국 나는 변비에 걸리고 말았다.

변비에 걸린다는 것은 참으로 고통스러운 일이다. 묵은 변을 밀어내다 보면 피를 보는 일도 허다했다. 그나마 몸으로 오는 고통은 견딜 만했다. 그러나 일주일에 한두 번 겨우 찾는 화장실에서 변기가 막히는 고통은 내 멘탈을 탈탈 털리게 했다. 하지만 나는 이 엄청나고 무시무시한 결과물을 남편에게 들키기 전에 치워야 한다는 다급한 마음에 억울함을 느낄 새도 없이 열심히 변기를 뚫어야만 했다.

문제의 그날도 그랬다. 며칠 만에 겨우 찾은 화장실에서 변기에 농락당해 끓어오르는 화를 참으며 변기를 뚫는 중이었다. 그날따라 변기는 내게 호락호락하지 않았고, 갖은 방법을 총동원했음에도 나는 끝내 변기와의 싸움에서 승리를 거두지 못했다. 나는 재빨리 머리를 굴리다 살포시 덮은 변기 뚜껑 위에 메모지 한 장을 붙였다.

'죄송합니다. 안방 화장실을 이용하세요. 오늘 안에는

꼭 해결하겠습니다. 양해 부탁드려요.'

　메모지를 붙이는 것이 정말 수치스러웠지만, 남편이 변기 뚜껑을 무심코 열었다가 경악하는 것보다 백배 천배 낫다고 생각했다.

　다음날, 아이들을 등원시키고 나는 다시 변기와의 사투를 위해 화장실로 달려 들어가다가 순간, 화들짝 놀라고 말았다. 변기 뚜껑이 떡하니 열려 있는 것이 아닌가. 흔들리는 내 동공 너머로 메모지 한 장이 들어왔다.

　'이제 문제도 해결되었으니 마음껏 이용하시오!'

　창피함도 잊은 채 나는 마음속에 일렁이는 감동의 물결로 연신 감탄사를 내뱉었다.

　"와, 이렇게 다정한 사람을 봤나!"

　나는 이런 다정한 남편이 좋다. 갑자기 지금은 멀리 아프리카에 있는 남편이 보고 싶다. 그래서 솔직한 마음을 담아 남편에게 고백하려고 한다.

　"여보~ 그동안 내가 좋은 것들 볼 때마다 당신 생각이 많이 난다고 했잖아. 근데 나 사실… 변기 볼 때마다 당신 생각이 제일 많이 나. 얼른 돌아와서 변기 좀 뚫어주라."

어서 와, 군관사는 처음이지?

관사가 배정되던 날, 처음으로 군인아파트라 불리는 곳에 가보게 되었다. 집에서 출발해 40분을 달려 고속도로를 벗어나자 화려한 도심이 눈길을 사로잡았다. 도심 근처에 있는 관사라 아이를 키우면서 살기 좋을 거라고 말하던 남편의 말이 사실임을 확인하는 순간이었다. 그곳에는 대학병원, 대형마트, 식당, 경찰서 등 없는 것이 없는 정말 아이를 키우기에 좋은 환경으로 보였다. 도심을 따라 5분쯤 더 들어갔을까? 저 멀리 고가다리 위로 큰 간판이 눈에 들어왔다.

'어서 오십시오! ○○ 사단 남문입니다.'

나는 그 문구를 보자 새로운 세계로 들어선 사람처럼 가슴이 두근대기 시작했다.

사단 남문 입구에 도착해 긴 언덕을 따라 올라가니 오른쪽은 군부대, 왼쪽은 군인아파트로 불리는 군관사로

가는 길이 나왔다. 군인아파트에 도착해서 차에서 내려 주변을 둘러보았다. 도심 속 자연, 그곳은 꾸밈없는 자연 그 자체였다. 단출한 아파트 몇 동 뒤로 낮은 산이 자리잡고, 그 주변으로는 온통 철조망이 둘러져 있는 곳. 군인아파트는 도심 속 자연을 완벽하게 재현하고 있었다. 번화한 도심 속에 이런 곳이 있다니! 놀라울 뿐이었다.

군관사는 20년은 거뜬히 넘어 보였는데 외관에서부터 남다른 관록을 자랑했다. 동 입구에 서서 군데군데 벗겨진 페인트와 갈라지고 깨져 움푹 팬 베란다 난간을 올려다보자니 나도 모르게 입이 벌어졌다. 내 마음을 아는지 모르는지 남편은 사람 좋은 얼굴로 우리의 보금자리를 손으로 가리켰다. 나는 그곳을 보자마자 다리에 힘이 풀려 그 자리에 주저앉을 뻔했다. 그가 가리킨 곳은 아파트의 맨 꼭대기 층이었다. 엘리베이터도 없는 아파트에서 5층 이라니. 이사도 하기 전에 꼭대기 층까지 오르내릴 생각에 눈앞이 캄캄해졌다.

집 내부는 예상했던 대로 역시나 실망스러웠다. 거실과 베란다는 언제 생겼는지 모를 곰팡이로 뒤덮여 있었고, 방문은 누가 발로 거세게 찼는지 한가운데에 커다란 구멍이 나 있었다. 나는 크게 심호흡하며 마음을 다잡으려 했다. 그런데도 속상한 마음이 다스려지지 않았다. 결국 나는 남편에게 속엣말을 내뱉고야 말았다.

"자기야! 집 상태가 너무 심각하다. 우리 진짜 여기서 살아야 하는 거 맞아?"
이 말과 함께 굳어가는 내 표정을 읽은 남편은 문은 보수요청을 할 것이며, 내부는 지금과 전혀 다른 공간으로 만들어주겠노라며 나를 달랬다. 이후 방문은 보수를 마쳤다고는 하나 실제 구멍보다 더 큰 합판으로 덧대어서, 이것이 보수한 것인지 더 망쳐놓은 것인지 씁쓸한 마음을 감출 수 없었다.

주방에는 지나치게 아담한 싱크대가 자리 잡고 있었다. 요즘 찾아보기 드문 사이즈로 봐서 추측하건대 몇십 년 전에 들여놓은 것이거나, 아파트가 지어졌을 당시부터 있었던 것 같았다. 좁은 화장실은 변기에 앉으면 문을 닫을 여유 공간조차 없어, 반드시 문을 먼저 닫고 변기에 앉아야 했다. 욕조는 두말할 것도 없이 너무 낡아 차라리 없는 게 나았다.

부대 내에서 관사 생활을 한 남편은 이 모든 것에 익숙했을 테지만, 태어나서 처음으로 군관사를 둘러보는 나로선 집을 보는 내내 한숨과 놀라움의 연속이었다. 하지만 진짜 놀라운 일은 살면서 벌어졌다.

모두가 잠든 늦은 밤이었다. 임신 중 불면증으로 뒤척이다가 나는 어디선가 들려오는 노랫소리를 따라 거실로 나갔다. 노래를 부르는 사람은 마치 서바이벌 오디션에라도 참가하려는 듯 열창을 하고 있었는데 수준은 영 아니올시다였다.

한참 동안 이어진 노래 폭격에 나의 인내심도 한계에 달했다. 당장에라도 달려나가 오디션의 심사위원이 되어 혹평을 날려주고 싶었다.

"제 점수는요, 빵점입니다. 죄송하지만, 당신은 우리와 함께하실 수 없게 되었습니다."

잠들어 있던 남편에게 그의 만행을 고자질했지만 반응은 의외였다. 군관사에는 한 다리 건너 다 아는 사람들이 살고 있으므로 웬만하면 그냥 참고 자는 것이 좋을 것 같다는 거였다. 남편의 얼굴을 봐서라도 그냥 참고 잠을 청하려 했지만, 그날 밤 나는 왠지 모르게 밀려드는 억울한 마음에 쉽게 잠들 수 없었다. 그 후로도 이따금 한밤중에

노랫소리가 들려왔지만, 나는 아무 말도 할 수가 없었다.

그렇다고 관사 생활이 늘 불편한 점만 있는 것은 아니었다. 남편의 선·후배 가족 다수가 관사에 살고 있어 덕분에 나는 그들의 아내와도 어렵지 않게 친해질 수 있었다. 특히 남편의 야근과 회식 그리고 당직이 잦을수록 우리의 전우애는 더 빛을 발했다. 해가 지도록 놀이터에서 함께 시간을 보내는가 하면, 한 집에 옹기종기 모여 저녁밥을 해결하기도 했다. 때론 아이들이 어린이집 간 틈을 타 커피 한 잔에 수다 잔치를 벌이기도 했다. 그녀들과 헤어져 집으로 돌아오면 마음 한구석이 뜨끈해지면서 쌓인 육아 스트레스도 싹 날아가는 듯한 기분이 들었다.

군인아파트에는 이사한 지 얼마 되지 않았거나, 이사를 앞두고 있거나, 남편이 먼저 타 부대로 이동하고 그곳의 관사가 나올 때까지 아내 혼자 아이를 키우는 집이 대부분이었다. 서로의 처지를 누구보다 잘 알고 있는 우리는 그래서 서로에게 더 따뜻할 수밖에 없었다.

이름이 어떻게 돼요?

"안녕하세요. 오늘 강의를 맡은 강사 최다희입니다."

CS강사로 강의를 할 때 내가 했던 인사말이다. 사람들도 나를 강사님 혹은 선생님으로 불렀는데 나는 이렇게 불리는 것이 은근히 좋았다. 평생 내 이름 뒤에는 강사라는 단어가 붙길 바랐다.

강사로 불리던 내게 새로운 호칭이 생긴 것은 결혼을 하고부터다.

"며늘아!"

낯간지럽고 쑥스러웠지만, 풋풋한 새댁 느낌이 들어 새로운 호칭이 싫지만은 않았다. 그다음으로 생긴 호칭은 '에미'와 '아기엄마'다. 드디어 내가 출산을 한 것이다. 시부모님은 나를 '에미'라고 호칭을 바꿔 부르셨고, 아이와 연관된 모든 사람들은 나를 '아기엄마'라 부르기 시작했다.

어느 날 놀이터에서 아이와 같은 반 친구 엄마가 내게 이름을 물은 적이 있다.

"이름이 어떻게 돼요?"

오랜만에 내 이름을 묻는 이가 반갑기도 하고 조금 쑥스럽기도 해서 나는 뜸을 들이다 입을 뗐다.

"음, 최다희예요."

그런데 어찌 된 일인지 친구 엄마의 반응이 조금 의외였다.

"어, 딸이에요? 난 아들이라고 알고 있었는데…"

맙소사! 그녀는 내 이름이 아닌 아이의 이름을 물어본 것이었다. 어색함에 서로의 얼굴을 보며 웃다가 나는 얼굴이 화끈거려 쥐구멍에라도 숨고 싶었다.

집으로 돌아온 뒤 저녁을 준비하는 내내 나는 놀이터에서 있었던 일을 떠올렸다. 매번 바뀌는 호칭에도 잘 적응하고 있다고 생각했던 나였다. 어찌 보면 그게 내 위치에서 당연한 일이라 여겼다. 그러나 그러는 사이 내 이름은 점점 흐려지고 있었고 더는 그 누구도 내 이름을 궁금해하지 않았다. 이제는 기껏해야 병원에서 '최다희 님~ 들어오세요'라는 의료진과 기계음 말고는 내 이름을 값지게 불러주는 이가 없었다. 아이의 이름이 곧 내 이름이고 아이의 얼굴이 내 얼굴이 된 지금, 친구 엄마가 내게 던진 질문은 잠자고 있던 나를 깨웠다. 잊혀져가는 내 이름을 찾으라고.

먼저, 그동안 아이의 친구 엄마들과 친분을 쌓고 지내면서 서로의 이름을 물었던 적이 얼마나 있었나 기억을 더듬어봤다. 그래도 드문드문 기억이 나는 걸 보면 전혀 없진 않았나보다. 하지만 딱 거기까지. 우리는 서로의 이름을 물어만 봤을 뿐 불러주진 않았다. 쑥스러움에 그랬을까? 익숙지 않아서 그랬을까? 아마도 아이로 맺어진 인연이기에 자신의 이름보다 누구 엄마로 불리고, 부르는 것이 더 편하다고 생각했을지 모른다.

상대의 이름을 불러주는 것은 마음을 나누는 일인 것 같다. 결혼을 하고 아이가 태어나는 순간 엄마들은 새로운 호칭에 적응해나간다. 하지만 나는 세상 엄마들이 자신의 이름을 잊지 않고 살았으면 좋겠다. 훗날 아이가 훌쩍 자라 우리를 떠나더라도 온전한 나로 내 자리를 지킬 수 있으려면 내 이름을 잊지 않고 살아야 하기 때문이다.

주변에 우정을 나누고 싶은 이가 있거나 이미 진한 우정을 나누고 있다면, 내가 먼저 그녀의 이름을 불러 마음에 꽃을 피워주는 것은 어떨까?

자연분만과 제왕절개 다 해봤습니다만

세상에 쉬운 출산은 없다. 자연분만과 제왕절개 분만을 모두 다 경험해본 나로서 이 부분만큼은 자신 있게 말할 수 있다. 어떤 분만으로 출산을 하든 간에 다 목숨을 내놓고 해야 한다.

자연분만 편

나는 첫째를 자연분만으로 낳았다. 예정일에서 일주일이나 지나도 출산 기미가 보이지 않자, 의사는 자연진통을 기다리는 대신 유도분만을 권유했다. 그런데 마지막 진료를 보기 위해 병원을 방문했을 때 예기치 못한 일이 발생했다. 진료 전에 측정하는 혈압이 평소보다 높게 나온 것이다. 운동삼아 진료실이 있는 3층까지 계단으로 올라온 탓인가 싶어 잠시 휴식을 취한 뒤 다시 측정했지만, 혈압은 정상으로 돌아오지 않았다. 그 때문인지 진료실에 들어서자 의사는 심각한 표정을 하고 있었다.

"분만을 서두르는 것이 좋겠어요."

유도분만일을 일주일 정도 앞두고 있었지만, 마음의 준비는커녕 출산 가방도 싸놓지 않은 내게 의사의 말은 청천벽력과도 같았다.

"며칠 더 기다리면 혈압이 정상으로 돌아오지 않을까요?"

간절한 마음이 담긴 내 말에도 의사는 앞서 말한 것보다 더 단호하게 말했다.

"임신 중에 한 번 높아진 혈압은 안정되기 힘들어요. 더 늦췄다간 분만 중에 위험한 상황이 생길 수 있어요. 그러면 응급수술을 해야 할 수도 있고요."

집으로 돌아온 나는 부랴부랴 출산 가방을 싸서 저녁에 바로 입원했다. 갑작스레 벌어진 일에 마음을 추스를 새도 없이 나는 간호사가 가져다준 등판이 훤히 드러나 보이는 출산복으로 갈아입었다. 병실 침대에 얌전히 누워 있으니 이쑤시개 굵기의 주삿바늘이 내 팔에 꽂혔다. 그때부터 불안이 시작되었다. 아무리 '괜찮다'고 스스로를 다독여봐도 불안은 쉬이 사그라들지 않았다. 굴욕 3종 세트라 불리는 제모, 관장, 내진까지 경험하자 불안은 더욱 커졌다. 그러나 엄마는 강했다.

유도분만으로 새벽 내내 진통을 하면서도 나는 이를 악물고 자다 깨기를 반복하며 버텨냈다. 약한 수준의 진통이 지속될 때는 '이 정도 진통이라면 앞으로 애를 몇 명이라도 더 낳을 수도 있겠다' 싶었다. 그러나 분만에 속도를 내주는 '분만 촉진제'가 투여되자 상황이 완전히 달라졌다. 진통에 가속도가 붙으면서 10분에 한 번 오던 진통이 5분 간격으로 좁혀지자 나는 참을 수 없는 고통에 몸부림을 쳤다. 가만히 누워 있으면 그 고통이 더 극적으로 다가와 라마즈호흡이라는 것에 의지해 수도 없이 앉았다 일어나기를 반복했다. 하지만 그것으로는 요동치는 한 생명의 쓰나미와 같은 몸짓을 이겨내기에 역부족이었다.

진통 간격이 3분에서 1분으로 당겨졌을 때, 드디어 나는 천국에 있는 듯한 기분이 든다는 무통주사를 맞고 잠시나마 한숨 돌릴 수 있었다. 그 달콤함도 잠시, 더는 견딜 수 없을 정도의 극심한 진통이 찾아오자 나는 입원 후 처음으로 남편에게 눈앞에 간호사를 대령하라고 소리쳤다.

잠시 후 들어온 간호사는 내 상태를 확인한 뒤 분주하게 움직이기 시작했다. 이내 서너 명의 간호사가 더 들어왔고, 그중 한 명이 나를 향해 큰소리로 말했다.

"자궁문 다 열렸어요. 이제 분만 준비할게요!"

분만 준비를 마치자 간호사는 내게 본격적으로 힘주기 연습을 시켰다. 진통이 밀려오면 힘을 주어 태아를 밀어내는 연습을 하라는 것이었다. 아픔을 느끼는 동시에 힘을 주려니 나는 너무 괴로워 괴상한 소리를 내며 울부짖었다. 배에서 시작된 고통은 온몸 구석구석으로 퍼져나갔고, 더는 힘을 줄 수 없는 상태가 되었다. 그때 간호사의 불호령이 떨어졌다.

　　"산모! 지금 울면 호흡이 제대로 안 돼서 아기까지 위험해요. 울지 말고 호흡하면서 힘줘요!"

　　자연분만을 해본 산모라면 다 알 거다. 간호사에게 혼나면서 아기를 낳는 심정이 어떤지. 맨살을 다 드러내놓은 것도 수치스러운데 애 못 낳는다고 혼나기까지 하다니! 어떻게 그 상황에서 호흡을 가다듬고 힘주는 것이 가능한지.

　　이성을 잃은 나는 의사를 보자마자 남은 힘을 모아 간절히 소리쳤다.

　　"제발 살…려 주세요…."

　　아이를 만나기 2시간 전까지 나는 거의 인간이 되기를 포기하다시피 악을 썼지만, 힘주기에 실패해 흡입기의 도움을 받아 첫째를 만났다. 무려 18시간 만이었다.

아이의 울음소리를 듣는 순간, 나는 고통에서 벗어났다는 생각에 눈물이 흘렀다. 아이를 낳았다는 게 믿어지지 않았지만 그 작은 몸이 내 가슴 위에 올려지자 비로소한 생명의 탄생을 실감하게 되었다.

출산 4일째 되던 날, 나는 조리원에 입소했다. 같은 날 함께 들어온 두 명의 산모와 나는 똑같은 옷을 입고, 식당에 갈 때도 똑같은 도넛 방석을 옆구리에 끼고 다녔다. 도넛 방석은 자연분만 시 회음부 절개를 한 산모들에게 유용하게 사용되는 물건이다.

나는 당시에 단 한 번도 도넛 방석 없이 앉았던 적이 없다. 집으로 돌아와서도 한 달가량 도넛 방석을 더 사용했을 정도로 회음부 절개 부위의 통증은 말도 못하게 심했다. 마치 같은 부위를 계속해서 칼로 긋는 듯한 기분이었다.

그것만 아니라면 자연분만의 장점은 무한하다고 본다.

자연분만의 가장 큰 장점은 출산 후 반나절도 지나지 않아 내 발로 걸어 다닐 수 있다는 점이다. 움직일 수 있다는 것은 그만큼 회복 속도도 빨라짐을 의미하므로, 간호사들은 틈만 나면 내게 와서 걸으라고 했다. 엉거주춤

한 자세가 다소 민망하긴 했지만, 신생아 면회를 내 발로 갈 수 있다는 것을 위로삼으며 나는 병동을 걷고 또 걸었다. 그때는 몰랐다. 출산 당일에 걸을 수 있다는 게 얼마나 대단하고 감사한 일인지를. 제왕절개 분만을 경험한 후, 비로소 깨닫게 되었다.

자연분만의 또 다른 장점은 출산 당일부터 물을 포함한 음식을 먹을 수 있다는 점이다. 긴 시간 진통 후에 찾아오는 허기는 이루 말할 수 없을 정도로 크다. 그런데 자연분만을 하면 당일 식사가 가능하다.

마지막으로 자연분만을 하면 회복속도가 빠르다. 애 낳기 직전까지 밭을 매고, 애 낳은 후에도 몸조리랄 것도 없이 다시 밭매러 나왔다는 할머니들의 전설적인 출산설을 한 번쯤 들어봤을 것이다. 이 출산설이 제왕절개 분만이었다면 불가능한 일이지만 자연분만이라면 가능할 정도로 회복속도가 빨랐다.

이외에도 출산 2~3일이 지나면 땀범벅이었던 몸을 씻을 수 있다는 점도 좋았다.

제왕절개 편

첫째를 자연분만으로 출산하고 2년이 지난 시점, 나는

둘째를 출산했다. 막달이 다가올수록 불안한 마음을 감출 수가 없었는데, 담당 의사 역시 초음파를 볼 때마다 안타까워했다. 의사가 추천한 일명 '고양이 자세'를 밤낮으로 열심히 했지만, 아이는 굳건히 자신이 원하는 자세로 버티고 서 있었다.

"선생님, 제가 역아회전술로 자연분만하고 싶은데요. 괜찮을까요?"

'역아회전술'은 임신 말기에 역위로 있는 태아를 출산 가능한 자세로 복부를 손으로 밀어 교정하는 것을 말한다.

의사는 내 물음에 생각지도 못한 답을 주었다.

"아이가 이 자세가 편하니까 이렇게 있는 거예요. 역아회전술을 받더라도 분만 전에 다시 태아의 위치가 돌아가는 경우도 있고요. 자칫 위험한 상황이 발생할 수도 있어서 저는 굳이 권하고 싶지 않습니다."

결국, 선택은 내 몫이었다.

고민 끝에 나는 제왕절개 분만을 하기로 결정을 내렸다. 남편과 함께 간호사의 설명에 따라 동의서에 서명하고 수술실 앞에 선 순간 만감이 교차했다.

"여보… 만약에 내가 수술 중에 잘못되면 우리 서진이 잘 키워줘야 해…"

남편은 큰 수술을 앞둔 불안한 내가 무심코 한 쓸데없는 말이라 여겼을지 몰라도 그때의 내 마음은 진심이었다.

수술실은 따뜻한 공기로 가득 차 있었다. 분만 준비를 마칠 때까지 나는 수술대 위에 누워 대기했는데, 내 몸은 사시나무 떨리듯 사정없이 덜덜 떨리고 있었다. 자연분만 때와는 전혀 다른 환경에 압도당한 것이 분명했다. 나를 비추고 있는 여러 개의 환한 조명과 그 옆으로 나열된 수술 집기는 수술실을 난생처음 경험해보는 나를 한없는 공포로 밀어넣었다.

하지만 그보다 더 두려운 것은 내 의지와 상관없이 출산의 모든 과정을 전적으로 의료진에게 맡겨야 한다는 것이었다. 아무 일 없이 아이를 만날 수 있길 빌고 또 빌었다. 그럼에도 긴장은 쉽사리 가라앉지 않았고, 전신마취를 선택하지 않은 것을 뼈저리게 후회했다.

척추마취를 하자 누가 내 다리에 얼음물을 쏟아 붓는 듯 차가워지더니 이내 다리의 감각이 둔해졌다. 낯선 환경, 낯선 사람들 속에서 긴장감이 최고조에 달하는 순간,

수술실로 걸어 들어오는 담당 의사를 보자 반가운 마음마저 들었다. 의사는 내게 간단히 안부를 물었다.

"수술 시작합니다."

말 떨어지기가 무섭게 내 귀에 헤드셋이 씌워졌다. 우아한 클래식 음악이 흘러나오고 있었다. 음악이 내 긴장을 조금 녹여주었고, 그런 사이 의사는 지체 없이 내 배를 가르기 시작했다. 배 위로 묵직하게 가해지는 느낌. 썩 좋지 않은 느낌 뒤로 더 상상하기 싫은 일이 이어졌다. 갈라진 내 배를 사정없이 젖히며 의사는 내 배를 벌리고 또 벌렸다.

'이제 그만 애 좀 꺼내주세요'라고 외치고 싶던 찰나, 내 몸이 양옆으로 심하게 흔들렸다. 거친 파도에 힘없이 휩쓸리는 돛단배처럼.

아기를 꺼내는 느낌은 이러했다. 작은 구멍에 꽉 끼어 있는 물체를 한 번에 꺼내기 힘들어 양옆으로 수차례 흔들어가며 겨우겨우 꺼내는, '아주 힘겹게'라는 말이 걸맞는 그런 느낌. 그렇게 꺼낸 아이를 만나자 나는 감정이 복받쳐 눈물이 흘러내렸다. 아이를 만난 기쁨보다 수술 중에 아무 일도 일어나지 않았다는 안도의 눈물이었다.

제왕절개 분만의 진짜 시작은 마취가 깨어나면서부터다. 수술 후 병실로 옮겨지면 수술 부위에 모래주머니를 얹거나 복대를 감아주는데(이는 병원마다 다르다), 이때 제왕절개의 첫 고통을 몸소 체험하게 된다. 간호사가 상처 부위를 모래주머니로 짓누르는 순간 상상도 하지 못한 고통에 병실이 떠나가라 소리를 질렀다. 그 고통을 시작으로 간헐적으로 훅 치고 들어오는 통증으로 무통 주사 버튼을 누르느라 온종일 손가락만 바삐 움직였다.

수술 후 이틀째 되던 날, 의사는 내게 침대에서 몸을 일으켜 앉는 연습을 하라고 했다. 당기는 배를 움켜잡고 연습에 연습을 거듭한 끝에 겨우 몸을 일으켜 앉았고, 그 모습을 본 의사는 다시 내게 새로운 미션을 주었다. 서서 걷는 연습을 하라는 것이었다. 몸을 일으키는데도 꼬박 하루를 썼는데 일어나서 걸으라니. 해도 해도 너무 한 건 아닌지 불만이 터져나왔다. 하지만 신생아실 면회를 위해 움직여야만 했다.

걸음마를 연습하는 아이처럼 조금씩 걷기 연습을 한 덕분에 수술한 지 3일째가 되던 날, 나는 두 발로 걸어 신생아실을 처음 찾았다. 폴대에 의지해 허리를 반쯤 굽히고 겨우 서 있는 나와 달리 허리를 꼿꼿이 펴고 서 있는 산모를 보니 세상 부러웠다. 확연하게 차이 나는 회복 속도에 '역시 자연분만이 최고야!'라는 말이 절로 튀어나왔다.

수술 부위 통증이 점차 사그라들자 나는 제왕절개 분만의 장점도 피부로 느낄 수 있었다. 그중 최고의 장점은 단연 회음부 절개의 고통이 없다는 것이다. 자연분만 시, 나를 오랫동안 괴롭혔던 회음부 통증은 일상생활에도 불편감을 줬다. 그런데 제왕절개로 분만하니 그 고통을 다시 느끼지 않아도 되었고, 도넛 방석 없이도 편히 앉을 수 있었다. 걷는 연습을 시작하자 회복속도 또한 빨라졌는데 퇴원할 때쯤에는 몸이 가뿐하다는 느낌이 들 정도였다.

그러나 제왕절개에도 단점은 있었다. 예쁘게 잘 봉합된 수술 부위는 보기 싫지 않을 정도의 실선을 남겼는데, 무엇보다도 수술 부위의 가려움이 심했다.

습한 장마철이 되면 그 부위가 나를 미치게 했다. 가려웠다 따가웠다를 반복하며 막내를 출산할 때까지 무려 3년간 괴로웠으니, 사람들이 말하는 제왕절개의 할부 고통을 제대로 느낀 것이다. (물론 사람마다 피부에 따라 다를 수 있다.)

지인들은 종종 자연분만과 제왕절개 분만을 모두 경험한 내게 묻곤 한다.

"어떤 게 덜 고통스러웠어?"

　나는 이 물음에 대한 확실한 답을 알고 있다.

"덜 고통스러운 분만은 없었어⋯⋯."

　비록 운 나쁘게도 두 가지 분만을 다 경험했지만, 생각해보면 그리 나쁜 것만도 아니었다. 어쨌거나 건강하게 우리 아이들을 만났으니까. 그걸로 충분히 보상되었다.

아들만 셋이라고?

"아들만 셋이라고? 아이고~ 우짜노."

다들 '아들 엄마 위로하는 법'을 배우는 학원에 다니시나? 어쩜 그렇게도 만나는 어른마다 내게 똑같은 멘트를 날리시는지. 내가 아들만 둘이었을 때는 저 멘트 뒤에 따라오는 말도 하나같이 같았다.

"딸 하나 낳아야지~. 나이 들면 딸은 꼭 있어야 되더라."

이런 참견은 아들 셋을 낳자 조금 줄어드는 듯했다. 대신 나를 에워싸고 있는 아이들을 보며 한숨을 내쉬는 분들이 많아졌다. 그리고 당신들의 아쉬운 마음을 우리 아이들에게 내비치시곤 했다.

"아이고, 네가 딸이었으면 얼마나 좋았을까!"

나는 그 말에 혹여나 아이들이 상처를 받을까 조마조마했던 적이 한두 번이 아니다.

언젠가부터 아들 엄마로 살아가는 것은 안타까운 일이
되어버렸다. 오죽하면 딸 둘에 아들 하나면 금메달, 딸만
둘이면 은메달, 아들만 둘이면 목메달이라는 말이 있을
까. 그렇게 따지고 보면 아들만 셋인 나는……

막내의 성별을 알았을 때도 주변에서 난리였다. 나도
잠시 딸이길 기대한 것은 맞지만 정말 아들만 셋이어도
괜찮았다. 그런데 주변 사람들은 그렇지가 않은 모양이었
다. 친정엄마부터도 한숨을 내쉬면서 '딸이면 얼마나 좋
았을까' 아쉬운 마음을 보이셨으니 말이다. 남편도 내 추
궁에 못내 아쉬운 마음을 드러냈지만, 하나 더 낳자는 내
말에 '이제 그만'을 외치며 애써 아쉬운 마음을 감췄다.

나도 안다. 딸이 엄마에게 어떤 존재인지. 기쁜 일, 슬픈
일, 화나는 일, 억울한 일 등 일단 일이 생겼다 하면 엄마
에게 가장 먼저 연락해 속마음을 털어놓는 나만 봐도 알
수가 있다. 오죽하면 여자가 늙어서 필요한 5가지에 돈을
비롯해 딸이 포함되어 있을까 싶다.

그래서 나는 가끔 넷째를 가질까 진지하게 고민한다.
이런 내게 친구는 '네가 아직 덜 힘들구나? 정신을 못 차
렸네… 넷째 임신하면 우린 절교다! 절교!'라며 충격요법

으로 집 나간 내 정신을 제자리에 돌려놓곤 한다. 아들만
셋을 키우면서 내가 얼마나 힘든지 직접 눈으로 확인한
그녀이기에 할 수 있는 말이다. 그런데도 가끔 넷째에 대
한 고민이 들 때면, 내가 육아체질인지 아니면 고통을 즐
기는 사람인지 나도 그것이 알고 싶다.

    나는 어린 시절부터 아이를 무진장 좋아했다. 고작 열
두 살 어린 나이에도 옆집 아이의 똥 기저귀를 빨아줄 정
도로 아이가 예뻤다. 남편도 나와 비슷한 어린 시절을 보
냈고, 또한 각자 생각해둔 미래의 자녀 수마저 같다는
것을 알았을 때 나는 운명이라 생각했다.

    첫째 서진이는 올해 8살이 되었다. 이제 제법 형아 태가
나는 서진이는 나의 든든한 지원군이다. 바쁜 나를 대신
해 동생들을 돕거나 혼자 할 수 있는 일이 많아 늘 서진이
에게 고맙다. 서진이는 특유의 친화력으로 처음 본 아이
와도 금세 친구가 된다. 비 오는 날 친구에게 우산을 씌워
주는 따뜻한 마음을 가진 서진이를 보고 있으면 웃음이
절로 난다.

    둘째 어진이는 6살이다. 임신 막달까지 뚝심 있게 '거
꾸로 자세'를 유지한 어진이는 제왕절개 수술로 예정일을

다 채우지 못하고 세상에 나왔다. 2.8킬로그램 남짓한 몸무게로 또래보다 작게 클까 늘 노심초사했지만, 다행히 먹성이 좋은 아이는 하루가 다르게 포동포동해졌다. 돌쯤되었을 무렵에는 발목이 살에 묻혀 짓무르는 바람에 1년 가까이 발목 치료를 받기도 했다.

다부진 몸에 구릿빛 피부를 가진 어진이는 천진난만한 시골 강아지 같다. 그래서 나는 어진이를 '멍구'라고 부른다. 온순하고 활발해 누구와도 잘 지내는 모습이 딱 시골 강아지 같기 때문이다. 내가 지은 별명을 들은 친정엄마와 시어머니는 크게 공감하며 포복절도하셨다. 이렇게 귀여운 어진이가 나는 여전히 어린아이 같아 보이는데, 동생이 태어난 후 부쩍 커버린 것 같아 몹시 아쉽다.

막내 휘진이는 막 두 돌을 넘겼다. 이 아이를 키우면서 가장 의아했던 건 우리 집에서 그동안 볼 수 없었던 체형과 입맛을 가진 아이라는 것이다. 가뿐한 몸 때문인지 휘진이는 11개월이 되었을 무렵 첫걸음을 떼자마자 날아다녔다. 위로 형이 둘이나 있어선지 눈치 또한 빠르다. 구석에서 우리의 행동 하나하나를 유심히 관찰하다가 중요한 순간에 달려 나와 간식이나 장난감을 낚아채 가는 모습이 마치 맹수 같다. 영리한 데다 빠르기까지 하니 제아무리 몇 살 더 많은 형이라 할지라도 휘진이를 당해낼 재간이 없다.

같은 배에서 나왔지만 달라도 너무 다른 세 아이와 함께 살고 있으니, 우리 집은 날마다 전쟁터나 잔칫집 같다. 이사할 때 아이들의 에너지를 고려해 1층만 선택했던 것이 신의 한 수였다고 절로 생각될 때는 아이들이 거실을 뛰어다닐 때다. 한 명이 소리를 지르며 거실을 뛰어다니면 또 다른 한 명이 그 뒤를 잇고, 마지막으로 남은 한 명이 대열에 합류하면 집은 순식간에 난장판이 된다. 그러다 누군가 장난감에 관심을 보이면 나머지 아이들도 하던 것을 멈추고 일제히 장난감 앞으로 모여든다. 그게 사소한 딱지 한 장일지라도 말이다.

그때 나는 긴장의 끈을 놓지 않은 채 아이들을 예의주시하게 된다. 장난감을 가지려고 뺏고 뺏기는 과정에서 간혹 유혈사태가 발생하기 때문이다. 더 큰 싸움으로 번지기 전에 내가 나서는 것은 이런 이유에서다.

결국 모든 사건은 내가 개입해 큰소리로 군기를 잡아야 끝이 난다. 특히 장난감 쟁탈전을 치를 때는 뺏긴 놈도, 뺏은 놈도, 아무것도 못한 놈도 세상 억울하다는 듯이 통곡하므로 뒤처리가 매우 까다롭다. 수습과정에서 나는 극심한 두통을 느끼는데 심할 때는 두통약을 먹어도 나아지지 않을 정도다.

세 아이를 키우면서 두통을 앓는 횟수가 잦아져서 신경과를 찾은 적도 몇 번이나 있었다. 불행인지 다행인지 의사는 항상 아무 이상이 없다는 말만 되풀이했다. 나는 원인은 있고 결과는 없는 이런 상황이 답답하기만 했다. 그러던 중 뉴스 기사를 읽다 뜻밖에 내 두통의 원인을 찾게 되었다. 명쾌한 답에서 그동안 쌓인 체증이 싹 내려가는 듯했다.

「가장 듣기 싫은 최악의 소음」이라는 기사에 따르면, 성인에게 여러 종류의 짜증이 나는 소리를 들려주며 수학 문제를 풀게 한 결과, 아이의 징징거리는 소리를 들었을 때 실험 참가자들의 수학 점수가 가장 낮았다. 신기한 것은 성인 남녀의 반응이 같다는 것, 아이의 유무와 상관없다는 것이었다. 나는 두통의 원인을 알게 되어 속은 시원해졌지만, 두통약을 먹는 횟수는 좀처럼 줄어들지 않을 것 같았다.

세 아이를 키운다는 것은 내겐 늘 도전이고, 두통약 없이는 할 수 없는 일이 되었다. 그런데도 나는 아이들을 떠올릴 때마다 얼굴에 미소가 번진다. 육아는 죽을 만큼 힘든 게 사실이지만, 아이들로 인해 웃을 일이 많다는 것도 틀림없는 사실이다. 만약 내가 아이를 낳지 않았다면, 혹은 하나만 낳았다면 이런 감정은 느끼지 못했을 것이다. 다행히 셋이나 낳았기에, 그것도 아들만 키우고 있기에 느낄 수 있는 감정이다.

내가 사용하는 물티슈 곽에는 엄마들을 위한 좋은 말이 쓰여 있다. 나는 물티슈를 새로 개봉할 때마다 좋은 말이 쓰여 있는 필름을 버리지 않고 뚜껑 안쪽에 붙여둔다. 그리고 물티슈를 사용할 때마다 보면서 힘을 얻는다. 그 중에서도 내가 가장 좋아하는 말은 바로 이거다.

"육아에선 당신이 국가대표입니다."

세 아이를 키우면서 어느새 나는 육아 국가대표가 됐다. 그간 내 노력으로 본다면 나는 목메달이 아니라 금메달리스트가 될 자격이 충분한 엄마다.

세상 깨끗했던 그녀가 달라졌다

결혼 전, 지인과 함께 저녁을 먹으러 갔을 때다. 별 생각 없이 나는 평소처럼 티슈 한 장을 뽑아 테이블을 닦고, 다시 한 장을 뽑아 그 위에 수저를 올렸다. 그리고 주문한 맥주와 캔 콜라가 나오자 다시 티슈 한 장을 뽑아 캔 콜라의 주둥이를 닦고, 그 티슈 위에 맥주잔을 올렸다.

지인과 대화를 이어가던 중에도 계속해서 맥주잔에서 흘러내리는 물방울, 테이블에 묻은 음식물을 닦느라 나는 쉽사리 대화에 집중할 수가 없었다. 자리에 사용했던 티슈가 넘쳐날 때쯤 지인은 한숨을 쉬며 큰소리로 말했다.

"테이블 구멍 나겠다! 그만 좀 닦아라!"

하지만 나는 지저분해진 테이블을 보느니 차라리 테이블에 구멍을 내는 쪽이 내 정신건강에 더 좋다는 것을 잘 알았다. 그래서 지인의 눈치를 보면서도 닦는 것을 멈출 수 없었다.

48

집으로 돌아오는 길에 지인의 표정을 잊을 수 없었던 나는 평소 내 습관에 대해 곰곰이 생각해봤다. 하루에도 수차례 닦는 휴대전화, 물건은 항상 있던 자리에, 샴푸와 로션을 사용한 뒤엔 반드시 주둥이 닦기, 틀어진 물건의 각도 바로잡기 등 결벽증을 의심할 만한 습관들로 가득했다. 누군가 내게 '밥 먹을래?' 아니면 '씻을래?' 묻는다면 무조건 씻는 것을 선택할 사람이 바로 나였다. 이렇게 깔끔한 내가 아이를 키우면서 점점 변해갔다.

결혼 후, 오랜만에 만난 지인은 아이들과 함께한 식사 자리에서 나를 유심히 살피던 중 "야, 너 진짜 많이 달라졌다"라며 말없이 내가 앉은 테이블을 쳐다봤다. 예상대로 테이블은 난리도 아니었다. 여기저기 떨어져 있는 국물과 반찬, 아이가 먹다 뱉은 사탕, 온갖 음식물 흔적으로 너저분했다. 남아 있는 공간이라고는 내가 들고 있는 숟가락 하나 겨우 놓을 자리밖에 없었다. 나는 지인의 얼굴과 테이블을 번갈아보다가 결국 멋쩍게 웃음을 터뜨렸다.

"지금 그거 신경 쓸 때가 아니야. 애들 조용히 있을 때 빨리 음식을 밀어넣도록 해!"

내가 던진 말에 우린 서로의 처지를 이해한다는 듯 다시 식사를 아니, 음식을 밀어넣기에 집중했다.

세상 깨끗했던 그녀가 달라졌다

나는 유연해졌다. 아니, 유연해지려고 노력했다. 장난감과 옷가지들이 거실 여기저기에 널려 있어도, 아이가 바닥에 주스를 쏟거나 테이블에 음식물을 흘려도 예민하게 굴지 않으려 애썼다. 한 번에 다 내려놓지는 못했지만 조금씩 '적당히 살기'에 젖어들고 있었다.

『믿는 만큼 자라는 아이들』*이라는 책에는 청소를 적당히 해야 하는 또 다른 이유가 나온다. 인간의 상상력은 어질러진 공간에서 마음껏 피어난다는 것이다. 이 구절을 읽자마자 나는 저자의 자녀들이 사회적으로 인정받는 사람이 된 이유를 알 것만 같았다.

이제 나는 안다. 집이 존재하는 이유를, 아이들에게 행복한 집을 선물하는 방법을. 그래서 매일 '적당히' 내려놓고 살아가고 있다.

* 박혜란, 『믿는 만큼 자라는 아이들』, 나무를 심는 사람들, 2019.

누가 봐도 애 엄마의 패션 철학

　결혼 전의 나는 패션 센스가 있는 사람이었다. 빼어난 몸매와 뛰어난 감각을 가진 건 아니었지만, 어떤 옷을 입어야 내 체형을 가장 잘 커버하고 얼굴을 살릴 수 있는지 정도는 아는 사람이었다. 그때 내 패션 철학은 원피스 한 장을 걸치더라도 '센스있게!'였다. 그러나 지금의 나는 달라졌다.

　육아는 내 패션 철학마저 변화시켰다. '센스있게!'에서 '편하게!'로 말이다. 나는 아이를 얻는 동시에 날렵했던 몸뚱이와 패션 센스를 잃어버렸다. 그 때문에 옷을 고르는 기준 역시 달라졌다. '어떤 옷이 내 체형과 얼굴을 잘 살려줄까?' 고민 대신 '이 옷이 과연 아이를 돌보는 데 편한가? 편하지 않은가?'가 옷을 고르는 유일한 기준이자 패션 철학이 되었다.

내 친구 중에는 여름에는 쩌 죽고, 겨울에는 얼어 죽을 각오로 옷을 입는 멋쟁이가 있다. 자신만의 패션 철학이 확고해서 더 멋있는 친구였는데 아이를 낳고 180도 달라질 줄은 상상도 못했다. 친구의 집에 초대받아 간 날, 헝클어진 머리에 할머니들이 즐겨 입을 법한 화려한 무늬의 일바지를 입고 나를 맞이하던 친구의 모습은 계절을 거스르던 멋쟁이와는 거리가 한참 멀어 보였다. 그 친구를 보면서 자신만의 패션 철학이 뚜렷한 멋쟁이도 피해갈 수 없는 것이 육아임을 또 한번 느끼게 되었다.

나와 멋쟁이 친구가 편한 옷을 선호하는 것은 어쩌면 당연한 일이다. 중노동에 속하는 육아는 하루에도 수십 번씩 아이를 안았다 내렸다 해야 하며 옷에 아이의 침과 음식물이 묻는 것도 다반사다. 그러므로 첫째도 둘째도 편한 옷을 찾을 수밖에 없다. 이는 외출을 할 때도 마찬가지다. '엄마 교복'이라고 들어본 적이 있는가? 우리처럼 어린 아이를 키우는 엄마들을 위해 언제부턴가 '엄마 교복'이라는 것이 생겨났다. 육아를 할 때도 편하고 아이의 등·하원용으로도 무난한 정도의 옷을 가리켜 엄마들은 '엄마 교복'이라고 부른다.

그렇다면 '엄마 교복'은 어떻게 만들어야 할까? 아주 간단하다. 첫 번째 기준은 내 패션 철학과도 맞아떨어진다. 무조건 편해야 한다. 언제 어느 때 육아 모드로 돌진해야 할지 모르는 엄마들에게 짧거나 신축성이 없는 옷은 탈락이다. 두 번째는 조금은 갖춰 입은 듯한 느낌을 주어야 한다. 첫째가 6살쯤 되었을 때다. 아이가 하원길에 조심스레 내게 했던 말이 아직도 기억에 남는다.

"엄마도 이모들처럼 예쁘게 꾸몄으면 좋겠어."

첫째는 아파트 단지 안에 있는 유치원에 다녔다. 엎어지면 코 닿을 거리라 나는 집에서 입던 복장 그대로 매일 아이를 데리러 갔다. 지금 생각해보면 원피스 차림의 엄마들 사이에 목이 다 늘어난 티셔츠와 무릎이 나온 임부복 바지를 입은 내가 아이의 눈에도 영 그랬던 모양이다.

아이의 고백 이후, 나는 등하원 길 복장에 조금 더 신경 쓰게 되었다. 그렇다고 화장을 하고 예쁘게 옷을 차려입진 못했다. 세 아이 육아에 그럴 시간도 없었다. 다만, 아이의 친구 엄마들과 선생님을 마주해야 할 때만큼은 원피스를 활용해 말끔한 모습으로 나가려고 했다. 원피스는 간편하면서도 갖춰 입은 듯한 느낌을 주기 때문이다.

나는 '엄마 교복'을 아이들에게도 적용해 등원 시 옷 걱정을 상당 부분 덜었다. 다섯 개의 상하복을 구입한 다음 등원하는 5일간 옷을 돌려 입혔더니, 등원준비 시간도 줄고 옷을 고르느라 아침마다 치러야 하는 옷 전쟁에서도 해방되었다. 그러니 엄마인 나도, 아이들도 우리만의 교복을 안 입을 이유가 없다. 지금의 나는 누가 봐도 애 엄마지만, 나만의 패션 철학으로 오늘도 편하게 살아간다.

2

딱 1년만
혼자
키우겠습니다

아빠는 아프리카 갔어요

해외파병은 남편의 오랜 꿈이었다. 군 생활 중에 특별한 경험과 도전을 하고 싶어 했다. 남편은 연애시절부터 결혼하고 아이가 둘이 된 후에도 해외파병에 대한 얘기를 종종 꺼내곤 했다. 거기에 맞서 나는 '당신이 해외파병을 갈 수 없는 이유'를 내놓기 바빴다. 연애할 때와 신혼일 때는 떨어져 있기 싫어서, 아이가 하나일 때는 혼자 키운다는 게 상상도 못할 일이라서, 아이가 둘이 되었을 때는 애가 둘인데 어딜 가냐며 딱 잘라 말했다.

나의 반응에도 남편은 이따금 '이번에 ○○선배 파병 간다더라'며 지인의 이야기를 꺼냈다. 이는 완벽하게 계산된 남편의 깜찍한 행동이었다. 선배의 해외파병 소식을 전할 목적이 아니라 해외파병에 대한 미련을 버리지 못하는 자신의 속내를 훤히 드러냈으니 말이다. 하지만 막내가 태어나고 아이가 셋이 되자, 남편은 더는 파병에 '파'자도 꺼내지 않았다. 자신의 처지를 드디어 받아들인 듯이.

막내가 5개월쯤 되었을 때다. 남편과 저녁식사 중에 지난 근무지에서 함께 일했던 후배의 소식을 전해 듣게 되었다.

"여보. 종인이가 이번에 파병 간다네."

그런데 이 말을 전하는 남편의 표정이 어딘가 복잡해 보였다. 말끝을 흐리며 잠시 생각에 잠긴 듯한 남편을 보니 내 마음도 서서히 가라앉았다.

"아직도 가고 싶어?"

솔직히 남편의 의중 따위가 궁금했다기보다는 혹시라도 마음속에 남아 있는 작은 불씨가 있다면 확실하게 꺼주고 싶은 마음에서 한 질문이었다.

"내가 가고 싶다고 갈 수 있는 상황이 아니잖아. 근데 이번에 못 가면 더 이상 기회는 없을 거야."

남편 말로는 파병도 갈 수 있는 시기(계급)가 있다고 한다. 그 시기가 지나거나 자격요건을 충족하지 못하면 해외파병에 지원할 수 없다고 했다. '마지막'이라는 남편의 말에 갑자기 내 마음에 거센 파도가 들이쳤다. 마지막 기회라니. 지금이 아니면 남편의 오랜 꿈을 접어야만 한다니. 생각이 꼬리에 꼬리를 물자 결국 나는 남편으로 빙의되고 말았다. 그리고 '나라면'이라는 가정하에 나는 내게 묻기 시작했다. '나라면 지금, 이 상황에서도 해외파병을 가고 싶을까?', '나라면 오랜 꿈을 포기할 수 있을까?', '나라면 꿈을 이루지 못한 것을 평생 후회하지 않을 자신이 있을까?' 스스로에게 던진 질문은 매우 효과가 있었다. 바로 답을 얻었기 때문이다.

'무조건 가야지!'

다음날, 출근한 남편에게 전화를 걸었다.

"여보. 내가 밤새 생각해봤는데 파병…. 그거 지원해봐."

남편은 내 말에 당황한 듯 잠시 말을 잇지 못하다가 어렵사리 한마디 꺼냈다.

"진짜 괜찮겠어? 혼자서 애 셋을 어떻게 보려고……."

나는 남편의 말에, 해외파병이라는 것을 정말 가고 싶었구나, 단번에 느낄 수 있었다. 안 간다는 말은 끝내 하지 않았으니 말이다.

그렇게 남편은 2021년 9월, 자신의 오랜 꿈을 이루기 위해 아프리카로 떠났다.

남편의 파병지는 동아프리카에 있는 '남수단'이라는 곳이었다. 왠지 낯설지 않은 이 나라는 고 이태석 신부가 살아생전 봉사활동을 했던 곳이다. 그의 봉사기를 다룬 다큐멘터리 영화 〈울지마 톤즈〉의 배경이기도 한 그곳. 언젠가 스쳐 지나가듯 본 영상이 떠오르자 나는 남편의 부재도 걱정이지만, 아빠를 그리워할 아이들에게 아빠 목소리를 잘 들려줄 수 있을지가 더 걱정됐다. 이런 나의 걱정을 알게 된 남편은 출국 전 2개월가량 파병교육을 받으면서 남수단에 먼저 가 있는 동료들을 통해 현지 상황을 살폈고, 결국 나를 안심시켰다.

"여보, 새벽 시간에는 영상통화 잘 된대. 너무 걱정하지 마."

예상대로 남편이 남수단에 도착하자 큰 어려움이 없이 모바일 메신저로 연락을 주고받고 영상 통화도 할 수 있었다. 물론 한국에 있을 때처럼 빠른 속도는 아니었지만, 내가 보낸 아이들의 사진도 5초 정도 기다리면 볼 수 있다고 남편은 좋아했다. '원래 이렇게 느긋한 사람이었나?' 싶을 정도로 남편은 남수단의 땅을 밟자마자 모든 것을 내려놓은 듯 느껴졌다.

그런데 비가 오는 날은 조금 달랐다. 아프리카는 건기와 우기가 뚜렷해 비가 많이 내리는 우기가 되면 하루에도 몇 차례씩 비가 쏟아졌고, 인터넷이 잘 터지지 않아 남편과 연락이 잘 되지 않았다. 도대체 얼마나 많은 양의 비가 내리면 인터넷마저 먹통이 되나 싶었는데, 남편의 말을 통해 정말 예측불가한 어마어마한 양의 비가 내린다는 것을 알게 되었다.

"여보, 비가 한번 오잖아? 그럼 여기는 길이 사라져."

비가 많이 올 때면 우리나라 장마철에 내리는 비의 약 2배 정도 많은 비가 내린다고 한다.

남편에게 길은 중요했다. 공병인 남편은 주로 도로 재건 지원 임무를 맡아 하고 있었다. 중장비를 수리하고 타면서 현지 도로를 닦는 일을 하는 남편에게 비는 그리 반갑지 않은 존재였다. 비가 많이 오면 남편과 연락이 잘 닿지 않아 내가 속상한 것처럼, 남편도 비가 오면 애써 닦아놓은 길이 사라져서 속상하다고 했다.

억수같이 내리는 비 말고도, 남편이 말과 사진으로 전하는 현지의 모습은 하나같이 이색적이고 신기한 것들이었다. 들판을 활보하는 야생 사자의 모습은 아찔하다 못해 머리칼을 삐쭉 서게 했고, 화면을 가득 채우고도 남을 뱀 영상을 본 날은 너무 놀라 남편의 안부를 묻기도 했다. 남편 말로는 2미터 정도 되는 비단뱀이라는데 내 눈에는 딱 아나콘다처럼 보였다. 길이가 얼마나 긴지, 또 몸통 둘레는 얼마나 큰지 우리 막내의 허리둘레와 비슷해 보였다. 기절초풍할 것 같은 나와 달리 아이들은 사자와 뱀을 보고 소리를 지르며 직접 보고 싶다고 난리였다. 그런 아이들을 보면서 나는 잠시나마 아빠의 해외파병이 가져다준 긍정적인 영향이구나 싶었다.

이외에도 숙소에 자주 출몰한다는 몽구스와 도마뱀, 알비노 개구리 등 동물원에서나 볼 법한 사진에 아이들과 나는 눈이 휘둥그레졌다. 남편이 작전을 나갔다가 봤다는 사자, 가젤, 하이에나, 전갈 등 다양하고 희귀한 동물 이야기에 머릿속으로 세렝게티 초원을 떠올리기도 했다.

남편은 그곳에서 생활하면서 느끼는 바가 많아 보였다. 가장 먼저 가족의 소중함을 더 많이 느끼게 되었다는 남편은 우리 아이들과 비슷한 또래의 현지 아이들을 보면 남다른 감정이 든다고 했다. 열악한 환경 속에서 겨우 끼니를 해결하고, 다 떨어진 옷을 입고 신발이 없어서 맨발로 다니는 아이들이 특히나 안타깝다고 했다. 남편과 동료 군인들에게 다가와 다른 것도 아닌 물을 달라고 했을 때는 정말 충격을 받았다고도 했다. 그곳에서는 아무리 많은 돈도 쓸모가 없으며, 한국에서 쉽게 사용하던 생활

용품이 얼마나 귀하고 소중한 것인지 남편은 새삼 깨달은 모양이었다. 그러나 열악한 환경 속에서도 파병대에 선발된 우수한 인력이라는 자부심으로 씩씩하게 잘 지내고 있는 것 같아 살짝 존경스러운 마음마저 들었다.

"아빠는 한국을 빛낸 위인이야."

어느 날, 유치원에서 돌아온 아이가 내게 한 말이다. 내가 남편에게 존경하는 마음을 가지듯 아이들도 아빠를 존경하고 있었던 것이다. 아이의 말은 아빠의 공백이 길어질수록 미안한 마음이 넘쳐나던 남편과 나에게 큰 위로가 되었다. 그리고 해외파병이 남편뿐만 아니라 나와 아이들에게도 평생에 한 번뿐인 아주 특별한 기억으로 남을 거라 믿게 되었다.

군인 아내는 멘탈이 강하다

　남편이 해외파병을 떠나기 위해 출국을 앞둔 시점, 아이들을 데리고 친정집 근처로 이사를 했다. 남편이 코로나19 상황으로 휴가가 전면 통제되는 바람에 어쩔 수 없이 혼자 이사를 강행했다.

　이사 당일, 나는 다섯 시간이 넘는 거리를 직접 운전해 아이들과 내려와야 했다. 오던 길을 다시 되돌아가고 싶을 만큼, 그날은 내게 악몽 같았다. 당시 6개월쯤 된 막내는 장거리 이동이 처음이라, 카시트에 앉자마자 발버둥을 치며 울어댔다. 도착할 때까지 다섯 시간을 내리 울어젖히는 통에 내 머리는 지끈지끈 아프다 못해 터지기 일보 직전이었다. 길 위에서 고통스러운 다섯 시간을 보낸 나는 새집에 도착하자마자 그대로 뻗어버렸다.

　이 이야기를 전해 들은 지인은 나를 세상에서 제일 불쌍한 사람으로 여기면서도 한편으로는 존경스럽다고 했다. 내가 봐도 혼자 한 장거리 이사는 내 인생에 있어 가장 위대한 도전으로 남을 일이라 생각된다. 군인 아내가 된 후로 나는 종종 해결할 수 없을 것 같은 일들을 하나씩 풀어나가면서 내 정신력이 점점 더 강해지고 있음을 느낀다.

군인 아내로 사는 것은 마치 도장 깨기를 하는 것과 같다. 하나의 미션을 수행하고 나면 다음 미션이 기다리고 있고, 그것을 깨면 또 다른 미션이 기다리고 있다. 그래서 나는 그것을 피하는 대신 정면돌파를 택했고, 한계를 뛰어넘고자 필사의 노력을 다하며 살아가고 있다. '이게 과연 될까?'라기보다는 '무조건 된다'라는 마음가짐으로 달려왔기에 나는 더 단단해졌는지도 모른다.

엄마로 사는 것도 마찬가지였다. 육아를 하면서 앞이 안 보일 정도로 막막하고 힘든 시간을 넘길 때마다, 나는 고통 속에서 알아차리지 못할 정도의 잔잔한 희열을 느꼈다. 그 힘으로 지금까지 왔다. 그러면서 느낀 것은 군인 아내뿐만 아니라 이 세상 모든 엄마가 강인한 정신력을 지니고 있다는 것이다. 그 정신력으로 오늘도 육아 전쟁터에서 열심히 싸우고 있을 육아동지들을 나는 진심으로 응원하고, 존경한다.

네? 양성이라고요?

"양성입니다. 희미한 두 줄 보이시죠?"

전날 고열이 난 첫째는 그렇다 치고, 아무 증상이 없던 둘째도 코로나 양성이라니. 나는 비통함을 금치 못한 채 의사에게 되물었다.

"어제저녁 자가진단키트로 할 때는 분명 음성이었거든 요……."

의사는 집에서 하는 것과 병원에서 하는 검사에는 분명 차이가 있다고 설명하면서, 첫째와 둘째에게 신속항원 검사에 이어 PCR 검사까지 받고 가라고 했다. 이미 자가 진단키트 경험이 있는 아이들은 검사실에서 제 이름을 부르기가 무섭게 안으로 들어가기를 격렬히 거부했다.

아이들은 겁에 질려 온몸으로 검사를 거부했다. 어쩔 수 없이 나는 아이를 무릎에 앉히고 아이의 두 손은 내 손으로, 사정없이 흔들어대는 아이의 몸은 내 다리로 거의 포박하다시피 한 후에야 검사를 마치고 나올 수 있었다. 첫째는 검사실을 나서면서 엄마가 자신의 몸을 무지막지하게 잡았던 것이 서러웠는지 오열했다.

그날부터 기나긴 가정보육이 시작됐다. 아이들의 코로나 확진 소식에 남편에게서 국제전화가 왔다. 인터넷이 가능한 곳으로 들어왔을 즈음에야 내가 보낸 메시지를 읽고 놀라 바로 전화를 걸어온 것이다. 뚝뚝 끊기는 통화에서도 남편의 안타까운 마음이 내게 고스란히 전해졌다.

"우리 여보 힘들어서 어떡해……."

남편의 말에 닭똥 같은 눈물이 뚝뚝 떨어졌다. 내가 아이들을 제대로 챙기지 못해서 이런 일이 생겼나 싶어 죄책감마저 들었다.

뉴스에서 연일 소아 확진자 수가 폭증한다고 떠들어대도 우리와 별개의 일이라고 생각했던 것이 사실이다. 하지만 우리 아이가 코로나 확진자가 되면서 모든 게 달라졌다. 나는 대역죄인이 된 마음으로 놀이터에서 함께 놀았던 아이의 친구 엄마들에게 이 소식을 전해야 했다. 어떻게 말해야 할지 입이 쉽게 떨어지지 않았다. 수십 번을 고민하다 어렵사리 친구 엄마에게 전화를 걸었다.

"○○ 엄마. 우리 집 애들이 코로나 검사에서 양성이 나왔어. 미안해서 어떡해… 정말 미안해."

우리의 불찰이든 아니든 이 말을 전하는 것은 하기도, 듣기에도 힘든 것이었다. 나도 이런 말을 들어본 적이 있었다. 그때의 심정이란 하늘이 무너지는 것 같았고, 제발 우리 아이만은 무사히 지나가길 바라는 이기적인 마음도 들었다. 그 마음을 너무 잘 알기에 나는 그들에게 미안함을 넘어 죄스럽기까지 했다.

아이들은 장난감 방에서 격리 생활을 시작했다. 그 방은 아이들에게는 마치 감옥과도 같았을 것이다. 머무르는 아이들뿐만 아니라 계속해서 들락날락해야 하는 내게도 고역이었으니 말이다. 열이 떨어져 컨디션을 회복한 아이들은 답답한지 자꾸만 그곳을 벗어나려 기를 썼고, 그러면 나는 다시 아이들을 방으로 밀어 넣으려 애를 썼다.

방으로 떠밀려 들어가는 두 아이 말고도 안타까운 또 다른 아이가 있었으니, 우리 막내다. 내가 잠시 장난감 방에 들어갈 때면 어김없이 방문 앞에 서서 나를 애타게 찾으며 눈물 콧물을 다 뺐다. 그야말로 우리는 방문 하나를 두고 '나오려는 자'와 '들어가려는 자'가 대치하고 있는 극한의 상황에 놓여 있었다.

아이들이 격리된 장난감 방을 환기하기 위해 창문을 연 순간이었다. 문득 평소 우리를 지켜주던 방범창이 든든한 울타리가 아닌 외부와의 소통을 단절시키는 쇠창살로 보였다. 그 너머에 핀 노란 봄꽃을 보니 눈이 시려왔다. 바깥은 봄인데 집 안은 여전히 살얼음판을 걷고 있는 겨울 같아서.

돌밥 돌밥, 진짜 돌아버리겠네

아이들이 코로나 확진을 받은 지 하루 만에 내 몸에도 이상 신호가 왔다. 으슬으슬 춥더니 열이 나기 시작했다. 비상이다! 머릿속이 새하얘졌다. 마스크를 두 겹이나 끼고, 손 소독제도 열심히 발랐건만 때는 이미 늦었음을 나는 직감했다.

아이들이 코로나 확진을 받기 전까지 우리는 같은 식탁에서 밥을 먹고 한 침대에서 뒹굴었다. 이런 상황에서 나만 코로나에 안 걸린다는 게 더 이상한 일이었다. 겸허히 받아들여야 하는 상황임에도 남은 막내가 걱정돼 나는 계속해서 새어나오는 한숨을 막을 길이 없었다.

밤이 되자 내 몸은 불덩이가 되었다. 밤새 오돌오돌 떨며 이불을 뒤집어쓴 채 꼼짝없이 앓았다. 엄마가 급히 와주신 덕분에 나는 마음껏 아플 수 있었다.

"최다희 씨는 양성이네요. 잠시 기다리세요."

예상대로 나는 코로나 확진 판정을 받았다. 병원에서 집으로 돌아온 후에도 열과 오한이 지속되어 손가락 하나 까딱할 힘도 남아 있지 않았다. 며칠은 엄마의 도움을 받았지만, 엄마의 건강도 걱정되었기에 내 상태가 조금 호전되었을 즈음 엄마를 보내드렸다.

혼자 남겨졌을 때 나는 깨달았다. 아이를 양육하는 사람이 크게 아프면 어떤 일이 벌어지는지, 극한상황에서 단독육아를 하면 어떤 일이 벌어지는지를 말이다. 일단 아픈 내 몸을 챙기는 것은 뒷전이 된다. 그보다 더 시급한 것이 때마다 돌아오는 아이들의 끼니를 해결하는 것이다. 한 끼를 차려 먹이고 한숨 돌릴라치면 다음 끼니가 기다리고 있다. 그래서 '돌아서면 밥때'를 가리키는 '돌밥'은 코로나 시국에 엄마들이 가장 두려워하는 것이 되었다. 육아커뮤니티에는 나와 같이 '돌밥'에 지친 엄마들의 글이 자주 눈에 띄었다. '어린이집에서 점심이라도 받아 오고 싶어요', '언제까지 돌밥해야 하나요? 너무 지쳐요'라며 마치 내 마음을 그대로 옮겨놓은 듯한 글을 보자 나는 한숨이 절로 나왔다.

과연 가정보육과 '돌밥'에 끝이라는 게 있을까 싶어 답답함이 밀려왔다. 하지만 언제까지 하소연만 하고 있을 수는 없었다. 그들과 내게는 당장 끼니를 챙겨줘야 할 아이들이 있기 때문이었다.

그래서 '돌밥'이라는 같은 고민을 가진 엄마들끼리 똘똘 뭉치기 시작했다. 서로의 얼굴은 전혀 모르지만, 처한 상황은 누구보다 잘 아는 엄마들끼리 돕고 나선 것이다. 그때부터 육아커뮤니티에는 '밥'과 관련된 정보가 쏟아졌다. '○○반찬가게는 마른반찬이 맛있어요', '이 집은 국을 잘해요'라며 동네 맛있는 반찬가게를 공유하는 것으로도 모자라, 대기업에서 파는 가성비 좋은 밀키트 제품의 정보를 나누기도 했다. 또 어떤 엄마는 집에 있는 재료로 간편식 만드는 법을 알려주기도 했는데 나는 이 간편식 조리법 정보에 특별히 고마움을 느꼈다.

메모해둔 레시피 덕분에 틈만 나면 나는 냉장고 속 채소를 탈탈 털어 어렵지 않게 아이들에게 간편하면서도 맛있는 음식을 만들어줄 수 있었다. 메뉴는 주로 주먹밥과 밥 전, 밥 머핀이었는데 채소, 달걀, 가스레인지 혹은 오븐만 있으면 단시간에 훌륭한 한 끼 식사를 완성할 수 있는 것들이었다. 아이들의 반응 역시 좋았다.

"너무 맛있어, 엄마 최고야!"

엄지손가락을 치켜드는 아이들의 칭찬은 아픈 것도 잠시 잊게 했다. 그리고 요리에 꼭 긴 시간을 투자하지 않아도, 예쁘게 담지 못해도 아이들이 잘 먹을 수 있다는 것을 깨닫게 되었다. 간단한 재료로 최상의 피드백을 받을 수 있는 '간편식 조리법'은 코로나 확진자인 내가 '돌밥'을 이겨내는 데 큰 몫을 해주었다.

이유식도 마찬가지였다. 막내는 코로나가 가장 심각했던 2021년 1월에 태어났다. 하필 첫째와 둘째의 가정보육이 잦았던 때라 막내에게 이유식을 만들어 먹이는 것은 무척이나 버거운 일이었다. 그런데도 아이의 입으로 들어가는 것은 무조건 내 손으로 만들어 먹여야 한다는 신념에 따라, 나는 피곤한 몸을 이끌고 새벽마다 아이의 이유식을 만들었다. 하지만 내가 코로나 확진자가 되자 더는 내 손으로 막내의 이유식을 만들어 먹이는 게 불가능하다고 느꼈다.

어쩔 수 없는 상황에서 나는 시판용 이유식이라는 것을 아이에게 먹이게 되었고, 이후 시판용 이유식에 대한 내 생각은 180도 달라졌다.

내가 느낀 시판용 이유식의 장점은 이랬다. 단계별로 잘 나온다. 아이의 개월 수에 맞춰 내용물의 크기나 양이 적당하다. 재료 대부분이 유기농이다. 육수를 사용해서인지 집에서 만든 이유식보다 맛이 훨씬 좋다. 간편해서 외출 시에도 먹이기 좋다. 무엇보다 이유식을 만드는 수고를 덜어준다.

이유식 한 통을 순식간에 비워내는 막내를 보면서 아이의 입으로 들어가는 것은 무조건 내 손을 거쳐야 한다는 굳은 신념도 무너졌다. 몸과 마음을 편하게 해주는 시판용 이유식은 경력자 엄마인 내게 신세계를 경험하게 해주었다.

내 몸이 조금 편해지자 더 너그러운 마음으로 '돌밥'을 받아들이게 되었다.

엄마도 피드백이 필요해

초보 강사 시절 내 일상은 피드백으로 시작해서 피드백으로 끝이 났다. 피드백은 주로 두 가지 형태로 이루어졌는데 첫 번째는 선배 강사에게 받았던 피드백이다. 초보 강사인 나는 선배 강사가 하는 강의를 청강하면서 어떻게 청중을 집중시키고, 내용을 조리 있게 전달할 수 있는지 배웠다.

피드백이란 게 그렇다. 좋은 점은 스치듯, 고쳐야 할 점은 가슴을 후비듯 하므로, 가끔은 피드백을 마치고 나면 바닥으로 굴러떨어진 자신감을 스스로 주워 담아야 했다.

두 번째는 스스로에게 하는 '셀프 피드백'이다. 앞서 선배 강사에게 피드백을 받은 후 나는 다시 혼자 강의 연습을 했는데, 이때 스스로에게 셀프 피드백을 했다. 방법은 주로 휴대전화로 촬영하거나 거울을 보면서 했다. 잘되고 있는 점과 그렇지 못한 점을 파악하고 재차 수정해나갔다.

나는 셀프 피드백을 하면서 나도 모르는 내 습관을 발견하는 신기한 경험을 했다. 특히 웃고 있지 않을 때는 친절 강의를 하러 온 강사라고 하기에 너무 차가워 보였다. 나도 몰랐던 내 표정과 습관을 알게 되면서 선배 강사의 피드백이 얼마나 감사한 것인지 알 수 있었다.

엄마가 된 지금도 내겐 피드백이 필요하다.

아이들과 잠자리에 들기 위해 기분 좋게 침실로 향하던 평범한 날이었다. 온종일 아이들과 씨름을 하느라 피곤했던 나는 머리가 베개에 닿자마자 잠이 들었다. 시끄러운 소리에 눈을 떴을 때는 이미 1시간이 흐른 뒤였다. 아이들은 그때까지도 잠이 들지 않고 장난을 치느라 침대 위를 돌아다니고 있었다. 나는 흥분하지 않으려 애써 크게 심호흡을 한 뒤, 목구멍으로 차오르는 화를 삼켰다. 그리고 최대한 친절한 어투로 아이들에게 1차 경고를 날렸다.

"애들아, 늦었으니까 그만 자자."

아이들은 잠시 조용해지는가 싶더니 이번에는 누워서 수다 삼매경에 빠졌다. 분명 아침 일찍 일어나 학교, 유치원에 갔다가 놀이터까지 찍고 온 아이들이다. 그런데도 늦은 시간까지 쌩쌩하다는 것은 아이들 몸속 어딘가에 충전된 건전지가 있지 않고서는 불가능한 일이라 생각되었다.

나는 다시 마음을 가라앉히고, 단호한 목소리로 2차 경고에 들어갔다.

"지금부터 안 자는 사람은 거실로 나가라고 할 거야. 분명히 말했어!"

하지만 아이들은 잠시 주춤할 뿐 다시금 수다를 이어갔다. 결국 나는 폭발했고, 한 마리의 성난 황소로 돌변했다.

"당장 거실로 나가!"

엄마의 불호령에 아이들은 서로 눈치를 보다 주섬주섬 이불을 챙겨 거실로 나갔다. 방문 틈으로 얼굴을 내밀고 엄마의 다음 지시가 떨어지길 기다렸다. 하지만 시간이 지나도 내가 아무런 말이 없자 첫째가 총대를 메고 방으로 들어와 물었다.

"엄마~ 우리 언제 방에 들어와?"

여러 번 반복한 경고에도 약속을 지키지 않는 아이들

에게 화가 난 나는 그 어느 때보다 강하게, 오늘은 방에서 잘 수 없다고 답했다. 그 말에 첫째는 울먹이면서 서러움을 토해냈다.

"엄마는 왜 나를 화내면서 키워?"

상황이 이쯤 되면 나는 당연히 아이들도 잘못을 인정하고, 내게 와 빌 거라 생각했다. 그러면 다시 방 안으로 불러들여 반성한 아이들을 꼭 안아주고, 다 함께 잠자리에 들 생각이었다. 그러나 첫째는 작정이라도 한 듯 눈 하나 꿈쩍하지 않고 말을 이어나갔다.

"나는 어른이 되면 아이들한테 착하게 대할 거야!"

아이의 더 큰 한 방에 나는 머리를 망치로 한 대 얻어맞은 듯 얼얼해졌다.

'나는 나쁜 엄마야. 아이에게 친절하지 않은 엄마!'

그간 아이들에게 한 내 행동과 말이 파노라마처럼 지나갔다. 그제야 아이의 말에 담긴 의미를 알 수 있었다.

'엄마, 나 좀 사랑해줘!'

사정없이 눈물이 흘러내렸다.

그동안 남편의 부재로 혼자 육아하면서 어떤 태도로 아이들을 대했는지 나는 너무도 잘 알고 있었다.

"뛰지 마라! 땀나면 또 씻어야 하잖아!"

"아기 자니까 조용히 좀 해!"

"밥 빨리 먹어라. 얼른 양치하고 자야지!"

명령으로 시작해서 명령으로 끝나는 하루. 내 지시에 조금이라도 어긋나면 불같이 화내고, 때론 매를 들던 내 모습. 나보다 어린 후배에게도 하지 않을 행동과 말을 왜 나는 이 어린아이들에게 했을까. 후회가 밀려왔다. 마음의 여유가 없다는 핑계로 스스로를 돌아보지 못한 사이 아이들은 내가 쏟아내는 화를 그대로 받아내고 있었다. 어느새 나는 10년 차 친절한 강사에서 불친절한 엄마가 되어갔다. 엄마인 내게 피드백이 절실해 보였다.

첫째는 자신의 의견을 곧잘 표현하는 아이다. 그날 밤 사건을 계기로 나는 아이들에게 진지하게, 내가 어떤 엄마인지 물었다. 아들은 하라는 대답은 하지 않고 자꾸만 내 눈치를 살피며 '엄마, 좋아'라는 말만 반복했다. 이런 형식적인 대답을 들으려고 시작한 질문이 아니었다. 그래서 나는 질문을 달리했다.

"엄마가 언제 제일 무서워?"

아들은 예상 밖의 대답을 내놓았다.

"지난번에 엄마가 어진이한테 화냈을 때. 그때 나, 방으로 들어갔잖아. 너무 무서워서 도망친 거야."

최근에 둘째를 크게 혼낸 적이 있었는데 첫째는 그날을 또렷이 기억하고 있었다. 이 대답을 시작으로 속에 있던 말을 줄줄이 뱉어내는 첫째 옆에서 가만히 지켜보고 있던 둘째가 또 말을 쏟아냈다.

"엄마 화내면 나 무서워… 화내지 마."

둘은 배틀이라도 하듯 누가누가 더 엄마의 민낯을 많이 드러내나에 혈안이 된 듯했다. 그러면서 뭐가 그리 신나는지 연신 싱글벙글하였다. 밝은 아이들의 모습을 보고 있자니 마음 한켠이 아려왔다. 한참 아빠, 엄마의 사랑을 받아야 할 때인데 우리의 부족함으로 그러지 못하는 건 아닌지 미안한 마음에 자꾸만 눈물이 났다. 나는 두 아들의 '엄마 디스 배틀 열전'이 끝나기를 기다렸다가 이렇게 말했다.

"서진아 어진아~ 엄마 몸은 하나인데 혼자서 밥이랑 빨래, 청소, 아기 돌보는 것까지 다 하려니까 너무 힘들었나봐. 그래서 자주 화가 났나봐. 그래도 너희들에게 그러면 안 되는 거였는데 진짜진짜 미안해."

내 말에 아이는 따뜻한 눈빛으로 말했다.

"괜찮아 엄마. 내가 더 많이 도와줄게."

몸도 마음도 아직 어린아이일 뿐인데 너무 일찍 어른스러움을 강요했던 건 아닌지 뒤늦게 지난날을 반성했다.

사과와 함께 당부의 말도 덧붙였다.
"엄마가 무섭게 변하면 무섭다고 꼭 말해줘~ 애들아."
아이들은 이후로 내 목소리가 조금이라도 높아질라치면 "엄마~ 무서워요. 하지 마세요!"를 남발하는 부작용도 생겼지만, 아이들의 피드백을 통해 내 기분대로 행동하거나 말을 내뱉지 않기 위해 더 노력하게 되었다.

만약 지금 '내가 잘하고 있는 걸까?'라는 의문이 든다면 나는 이렇게 말해주고 싶다. '아이에게 피드백을 받아보세요' 그리고 '아이와 진솔한 대화를 나누어보세요'라고.

맹수처럼 울부짖던 날

혼자서 세 아이를 육아한다는 게 이렇게까지 힘든 일인지 몰랐다. 경험해보지 못한 일이라 '1년 단독육아, 까짓 것 해보지 뭐'라며 자신감이 앞선 게 틀림없다. 자신감이 자만이었다는 사실을 알게 된 것은 남편이 떠나고 그리 오래 지나지 않아서였다.

단독육아가 시작되면서 나는 몸과 마음이 지쳐 어떤 날은 한 마리의 맹수가 되어 울부짖었고, 또 어떤 날은 반쯤 정신 나간 사람처럼 넋을 놓고 다녔다.

컨디션이 바닥을 치던 날, 결국 일은 터지고야 말았다. 그날도 어김없이 놀이터를 거쳐 들어온 날이었다. 흙 놀이에 더러워진 첫째와 둘째를 씻기기 위해 막내를 잠시 바운서에 눕혀놓고 나는 아이들과 함께 욕실로 들어갔다. 그리 길지 않은 시간이었지만 졸린 막내는 슬슬 울음 시동을 걸더니 내가 나타나지 않자 더 크게 울어댔다. 나는

유례없는 빠른 손놀림으로 간신히 욕실을 탈출했지만, 막
내를 안아줄 겨를도 없이 아이들의 저녁 식사 준비에 돌
입했다. 누워 있는 것에 한계가 온 막내는 더 크게 울어댔
고, 그래도 내가 안아주지 않자 당장에라도 넘어갈 듯 울
어젖혔다. 그 난리 통에 내 몸은 주방에, 온 신경은 막내
가 누워 있는 바운서로 이단 분리되어 넋이 나간 상태로
저녁 준비를 마칠 수 있었다.

  사고는 예기치 못한 순간에 찾아왔다. 무언가에 홀린
듯 정신없이 차려낸 밥상을 들고 거실로 나가던 중 균형
을 잃고 밥상이 한쪽으로 기울면서 나는 중심을 잃었다.
그리고 밥상 위로 그대로 엎어졌다. 순식간에 일어난 일
이라 어안이 벙벙했다. 밥상 위에 포개진 몸을 겨우 일으
켜 고개를 들어보니 거실은 아수라장이 되어 있었다. 여
기저기 널브러진 밥과 반찬, 사정없이 박살 난 그릇들. 순
간, 다시 밥상을 차려야 한다는 생각에 서러움이 복받쳐
눈물이 났다. 내가 왜 이러고 있어야 하는지 너무 화가 나
깨진 그릇에 발이 베인 줄도 모른 채 반찬을 손으로 쓸어
담았다.

  다음날, 정형외과를 찾았다. 의사는 내게 무릎은 큰 문

제가 없으나 손가락은 인대가 늘어났다며 반깁스를 권유했다. 내 처지에 반깁스라니 가당치도 않은 일이었다. 하지만 퉁퉁 부은 손가락을 보니 달리 방법이 없어 보였다. 한숨을 내쉬는 사이 간호사가 내 손목에 석고를 둘렀다. 점차 뜨끈해지다가 차갑게 굳어가는 석고가 그날의 내 기분을 대신해주는 듯했다. 침울하고, 참담했다.

이 손으로 아이들을 어떻게 씻기지? 어린이집에 보낼 식판과 숟가락, 물통은 또 어떻게 씻을 것이며 아이들 밥은? 몸이 만신창이가 된 상황에서도 내 머릿속은 온통 아이들 걱정으로 가득했다. 반나절 만에 반깁스를 풀어버리긴 했지만, 더 큰 걱정은 이렇게 지내다간 내 몸도 정신도 나락으로 떨어질 것만 같다는 것이었다. 누군가의 도움이 절실했다.

친정과 시댁은 우리 집에서 4시간 이상 떨어진 거리에 있었다. 엄마는 아빠 일을 돕고 계시고, 시어머니 역시 일을 하고 계시기에 그 어디에도 선뜻 도와달라고 부탁할 수가 없었다. 가끔 주말에 엄마가 와주시는 것만으로도 너무나 감사했다. 하지만 문제는 평일이었다. 챙겨야 할 것도, 시간에 맞춰 나서야 할 일도 많은 평일에, 긴 시간도 아니고 딱 아이들의 등·하원 시간대만이라도 누군가 도와준다면 나는 지금보다 훨씬 인간답게 살 수 있을 것 같았다. 문득 전에 잠깐 이용했던 아이돌봄 서비스가 떠올랐다.

아이돌봄 서비스는 생후 3개월에서 만 12세 이하 아동이 있는 가정에 직접 아이돌보미가 방문해 돌봄을 제공해주는 여성가족부 지원사업이다. 육아에 상당 부분 도움을 주는 이 사업은 생각보다 많이 알려져 있지 않다. 나역시 지인을 통해 알게 되었고, 급할 때 종종 돌봄선생님의 도움을 받았다.

나는 아이돌봄 서비스 신청을 위해 가까운 행정복지센터를 방문했다. 참고로 아이들의 등·하원 시간대에는 신청자가 많으므로 돌봄선생님이 배정되기까지 시간이 조금 걸릴 수 있다. 그러니 이용하려면 미리 신청해두는 것을 추천한다.

두어 달 뒤에 돌봄선생님이 오시고, 우리 집에 생긴 가장 큰 변화는 다름 아닌 나였다. 더는 하원길에 놀이터에 들어가려는 아이들을 온몸으로 막아선다거나, 물놀이를 더 하고 싶어 하는 아이를 제지하며 감질나게 5분 만에 샤워를 마치게 하지 않아도 되었다. 아이들에게 너그러워진 내 모습이 나도 낯설게 느껴질 정도로 돌봄선생님은 내 육체적 고통을 반으로 줄여주었고, 정신적 고통도 덜어주었다. 그 덕분에 내 얼굴에 드리워진 불안과 짜증이 점차 옅어졌다.

나는 육아에 지친 엄마들이 아이돌봄 서비스를 이용해보길 추천한다. 꼭 이 서비스가 아니더라도 도움이 필요하다면 반드시 누군가에게 요청하라고 강조해서 말하고 싶다.

육아는 장거리 마라톤과도 같다. 하루 이틀로 끝낼 수 있는 문제가 아니라는 것이다. 그럴 때 함께 뛰어줄 사람이 필요하다. 마라톤을 할 때 체력 분배를 잘할 수 있도록 함께 뛰는 페이스메이커처럼 말이다. 남편과 함께하면 가장 좋겠지만, 나와 같은 특수한 경우를 제외해도 주변의 아빠들을 보면 바빠도 너무 바쁘다. 이때 도움을 청하라고 있는 것이 바로 아이돌봄 서비스와 같은 것들이다. 그 외에도 워킹맘을 위해 무료로 반찬을 나눠주는 사업도 있다.

힘들다면 무조건 도움의 손길을 뻗어라. 내가 웃어야 아이들도 웃을 수 있다.

10미터를 사이에 두고

나는 대구 외곽에 위치한 '현풍'이라는 작은 동네에서
자랐다. 이곳에서 자란 건 내게 행운과도 같은 일이었다.
내가 다니던 현풍초등학교 앞에는 냇가가 있었는데, 동생
은 그 냇가에 들러 잡은 물고기를 신발에 담아 학교에 가
곤 했다. 나 역시 학교에서 오다가 냇가로 달려가 소꿉놀
이를 하거나 헤엄을 치며 시간을 보냈다.

중학교 앞에는 냇가 대신 끝도 없이 펼쳐진 논이 있었
다. 모내기 철이 되면 논에는 작고 귀여운 벼 모종이 촘촘
히 심어졌는데, 나는 그 벼가 자라며 고개를 세웠다 숙였
다 반복하는 모습을 6년간 보면서 중, 고등학교를 다녔다.
그래서 벼와 보리를 구분하지 못하는, 도시에 사는 사촌
들이 신기했다.

이런 풍경이 익숙하지 않은 건 도시에서 출퇴근하시는
선생님들도 마찬가지였다. 초록의 싱그러웠던 논이 옷을

갈아입고 황금빛 향연을 펼칠 때면 그 아름다움에 넋을 놓으셨다. 그리고 입이라도 맞춘 듯 비슷한 말씀을 하셨다.

"너희들은 이 동네가 얼마나 아름다운지 모르지? 현풍이 아니면 어디서도 이런 풍경은 볼 수가 없어."

그때의 나는 이해하지 못했지만 서른이 넘은 지금은 안다. 자연이 만들어내는 풍경이 얼마나 아름다운지를. 내가 얼마나 많은 특혜를 받고 자랐는지를.

하지만 아쉽게도 지금의 현풍은 도시개발로 그 모습을 찾아보기 어려워졌다. 나는 종종 자연 그대로 아름다웠던 민낯의 현풍이 그립다. 하나 더 그리운 것이 있다면 그 시절 함께 자란 소꿉친구다.

나영이는 우리 옆집에 살던 친구다. 종로에서 레코드 가게를 운영하던 우리 가게 옆으로는 나영이 부모님이 하시던 작은 책방이 있었다. 가게가 나란히 붙어 있어서 그랬을까. 우리는 금세 단짝이 되었고, 그때부터 내 하루는 나영이로 시작해서 나영이로 끝났다. 그건 나영이도 마찬가지였을 것이다.

나는 나영이와 냇가에서 소꿉놀이하는 것을 좋아했다.

주로 풀을 뽑거나 물고기를 잡았는데, 운 좋게 빨간 벽돌 조각을 주운 날이면 그것을 빻아 물에 섞어 코코아를 만들고, 콩콩 찧어놓은 풀에 섞어 나물 무치는 시늉을 했다. 여전히 기억 속에 선명하게 남아 있는 그날들은 내 평생 잊지 못할 소중한 추억이 되었다. 더우면 더운 대로 추우면 추운 대로 손등으로 콧물을 닦아가며 놀던 그때의 우리는 참 순수했다.

나와 달리 나영이는 자전거에 대한 기억이 아직도 잊히지 않는다고 했다. 자전거의 '자'자도 몰랐던 나영이에게 타는 법을 알려준 것은 다름 아닌 나였다. 넘어지지 않게 자전거 뒷좌석을 꽉 잡아주던 내가 그렇게 고마웠다고, 나영이는 다 큰 어른이 되어서야 고백했다.

그런 나영이와 소식이 뜸해진 것은 고등학교에 진학하면서부터다. 다른 학교에 다니게 된 우리는 서로에게 소원해졌고, 점차 기억에서도 멀어져갔다. 다시 나영이를 만나게 된 것은 시간이 흘러 친구의 결혼식장에서였다. 그 뒤 우연한 만남을 계기로 전처럼 안부를 물으며 지냈지만, 그 또한 오래가지 못했다. 그 사이 우리 둘은 결혼을 하고, 아이를 낳아 육아로 정신없는 나날을 보내고 있었기 때문이다.

이후 뜻밖에 나영이의 이름을 듣게 된 것은 엄마를 통해서였다. 남편의 해외파병으로 비빌 언덕을 찾아 고향으로 이사하게 된 나는 엄마에게서 반가운 소식을 듣게 되었다. 우리 집 근처 어딘가에 나영이가 살고 있다는 것이었다. 순간, 가슴이 뛰었다. 나영이가 너무 보고 싶어서 나는 당장 휴대전화를 찾아 연락처를 검색했다.

"다희야~ 오랜만이데이."

나영이 목소리는 언제나 그렇듯 살가웠다. 몇 년 만의 통화였지만 마치 어제까지 만난 것처럼 내 얼굴에 편안한 미소가 번졌다. 나영이는 내가 이사 온 아파트를 듣더니 놀라운 사실을 전했다. 바로 맞은편 아파트에 자신이 살고 있다는 거였다. 불과 10여 미터밖에 되지 않는 거리에 그리워하던 친구가 살고 있다니! 나는 열일 젖혀두고 나영이와 약속을 잡았다.

약속 일이 다가올수록 나는 설레는 한편 왠지 모르게 초조해졌다. 변수가 생기지 않길 바랐건만 예상은 보기 좋게 빗나갔다. 약속일을 일주일쯤 앞두고 평소 잘 아프

지 않던 아이들이 돌아가며 아프더니 이윽고 약속 당일에
는 고열까지 났다. 나는 아쉬운 마음을 뒤로하고 나영이
와의 만남을 미뤄야만 했다.

다음 약속일을 정했지만, 이번에는 나영이의 큰딸이 갑
작스럽게 아프면서 우리의 만남은 또 한번 무산되었다. 그
렇지만 우린 서로를 이해했다. 어린아이를 키우다 보면 누
군가를 약속한 날짜에 만난다는 게 생각보다 쉽지 않은
일임을 너무 잘 알고 있었기 때문이다. 그렇게 석 달쯤 흘
렀을까. 나영이에게서 문자가 왔다.

'다희야. 우리 이번 주에는 꼭 만나자! 다음 주부터 우
리 딸 방학이거든'

비장함마저 느껴지는 초등생 엄마의 문자에 이번 만남
은 무슨 일이 있더라도 꼭 성사되길 나는 속으로 빌고 또
빌었다. 그 덕분인지 다행히 약속 당일 양쪽 집 모두 아무
일도 일어나지 않았다.

그렇게 우리는 10미터를 사이에 두고, 돌고 돌아 거의
다섯 달 만에 만날 수 있었다. 몇 년 만에 마주한 나영이
와 나는 서로를 그저 신기하게 바라봤다. 너무 좋아서, 각
자 변한 모습이 어색해서 말이다.

"우와 니 진짜 많이 변했다."

"우와 니도 마찬가지다야."

어린 시절 콧물 흘리며 함께 뛰어놀던 너와 내가 언제 이렇게 커서 짝을 만나고, 아이를 둘 셋씩이나 낳았을까. 너무 신기해서, 해맑았던 그때가 떠올라서 마음이 몽글몽글해졌다. 감동이 밀려와 콧잔등이 시큰해졌다.

어렵게 이루어진 우리의 만남은 아쉽게도 아이들의 하원 시간에 맞춰 끝내야만 했지만, 옛 추억을 상기시키기엔 충분한 시간이었다.

엄마들에게 약속은 늘 이런 식이다. 언제 깨질지 모르지만 서로에게 서운함을 느끼지 않는 것, 다시 만날 때를 천천히 기다리는 것. 이것이 엄마들의 만남에 암묵적인 룰이다. 아이가 없었을 때는 전혀 알지 못했던 것들을 우리는 아이를 키우면서 하나씩 배워가고 있다.

엄마 곰도 처음부터 뚱뚱하진 않았어

엄마가 되고 가뭄에 콩 나듯 생기는 공식적인 행사가 그렇게 반가울 수가 없다. 어른 사람과 대화다운 대화를 나눌 기회이기도 하고, 사람다운 모습으로 집 밖으로 나설 수 있는 날이기 때문이다. 첫째를 출산하고 처음으로 초대받은 공식적인 행사는 사촌 동생의 결혼식이었다.

오랜만의 외출에 신이 난 나는 옷을 고르기 위해 옷장 앞에 한참이나 서 있었다. 그러나 설레는 마음으로 시작된 옷 고르기는 대충 맞는 옷을 골라 입는 것으로 끝이 나고야 말았다. 그렇지만 화장의 힘을 빌린다면 지금보다 더 멀끔한 상태로 집을 나설 수 있을 거란 희망에 나는 집 안의 화장품을 찾아 나섰다. 보물찾기라도 하듯 한참을 찾아 헤맨 뒤에야 발견한 화장품 가방에는 언제 사용했는지 기억도 나지 않는 오래된 화장품들로 가득했다. 짧게는 1년 길게는 2년을 훌쩍 넘긴 것은 기본이고, 마스카라는 뚜껑이 한 번에 돌아가지 않을 정도로 내용물이 딱딱하게 굳어 있었다. 화장품을 새로 살까도 잠깐 고려해봤지만, 언제 또 화장할 일이 생길지 기약이 없으므로 나는 유통기한을 넘긴 화장품을 그대로 얼굴에 얹기로 했다.

붓을 들자 손의 감각이 되살아난 듯 나는 천재 화가가 된 것처럼 얼굴에 한 겹 한 겹 색을 입혀갔다. 그러자 육아에 지쳐 핏기 하나 없던 얼굴에 생기가 돌았다. 자신감도 조금 회복되는 듯했다.

나는 첫째를 임신하고 무려 23킬로그램이나 늘었다. 직장 상사는 단기간에 너무 부어버린 내게 임신성 당뇨가 온 것은 아닌지 걱정했지만, 사실 나는 하나도 걱정되지 않았다. 모유 수유를 하면 쪘던 살이 다 빠진다는 주변 어른들의 말을 굳게 믿었기 때문이다. 그로 인해 몸무게 앞자리 수를 두 번이나 갱신했고, 내 생애 한 번도 가져보지 못한 몸무게로 출산을 했다. 모든 일에는 예외가 있다는 것을, 그게 내가 될 거라는 것을 미리 알았더라면 어른들의 말을 맹신하지 않았을 것이다. 또한 자신감이 바닥으로 곤두박질하는 일도 경험하지 않았을 것이다. 이 모든 게 핑계인 줄은 알지만, 화장을 하자 자신감이 샘솟는 마법에 걸린 듯했다.

결혼식장에 도착하니 반가운 얼굴들이 보였다. 친척들에게 인사를 하며 안부를 묻던 중, 나는 일부 어르신들에게 진심이 담긴 인사말을 듣게 되었다.

"둘째 가졌어? 축하해~"

그 말에 나는 웃으며 손사래를 쳤지만, 속상한 마음에 식사하는 내내 음식이 코로 들어가는지 입으로 들어가는지 느껴지지가 않았다.

결혼식에 다녀온 후, 우울한 마음이 한동안 나를 지배했다. 나 자신이 별로라는 생각이 들었고, 자꾸만 타인의 시선이 신경 쓰였다. 심지어 가장 가까운 남편 앞에서도 움츠러들 때가 있었다. 헤어스타일을 바꿔보면 나아질까 싶었지만, 좀처럼 기분은 나아지지 않았다. 새 옷을 입으면 지금보다 괜찮은 사람으로 보일까 싶어 큰맘 먹고 옷가게에 들렀다. 그때 점원으로부터 평생 잊을 수 없는 말을 듣게 되면서 내 자존감은 바닥으로 떨어지다 못해 지하를 뚫고 내려갔다.

"저희 매장에는 손님한테 맞는 옷이 없을 것 같은데요."

내 몸이 더는 프리사이즈로부터 프리할 수 없다는 것을 알게 된 그날, 나는 또 한 번 충격을 받았다.

시간이 지나며 불어난 체중으로 무릎과 허리 통증이 끊이질 않자, 나는 그제서야 애써 외면했던 체중감량을 심각하게 고민하게 되었다. 그러나 현실은 단독육아로, 운동은커녕 제대로 된 식사 한 끼조차 챙겨 먹기 힘드니 답답할 따름이었다. 어느새 내 몸 구석구석에 자리한 살들이 원래의 내 것처럼 친근해졌고, 살을 빼고자 하는 의지도 점점 사라졌다.

그러던 중, 체중감량에 의지를 불태우게 될 사건이 발생했으니 때는 남편이 해외파병을 떠나고 혼자 세 아이를 육아할 때였다. 남편 없이 홀로 고생하는 며느리를 돕기 위해 멀리서 시어머님이 오셨다. 덕분에 다른 날보다 여유롭게 저녁 준비를 하고 있던 나는 거실에서 들려오는 아이들의 재잘거림과 웃음소리로 덩달아 기분이 들떴다. 한참 시끄럽던 거실이 조용해지고, 어디선가 노랫소리가 들려왔다. 어머님이 아이들과 함께 손뼉을 치면서 노래를 부르고 계셨는데 그 어느 때보다 환한 얼굴이었다. 그 모습에 나는 자연스레 귀를 기울이게 되었다.

"곰 세 마리가 한집에 있어~"

아이라면 좋아하지 않을 수 없는 이 익숙한 가사는 동요 '곰 세 마리'였다.

"아빠 곰은 날씬해~ 엄마 곰은 뚱뚱해~ 애기 곰은 너무 귀여워~"

익숙한 멜로디와 달리 뭔가 어색하게 들리는 노래는 도돌이표가 되어 어머님 입에서 다시 재생되었을 때, 뭔가 이상하다는 것을 알아차릴 수 있었다.

"아빠 곰은 날씬해~ 엄마 곰은 뚱뚱해!"

사실적이어도 너무 사실적으로 개사된 어머님 표 '곰 세 마리'는 순식간에 내 가슴을 강타했다. 솔직히 자존심 상했다. 뚱뚱한 엄마 곰은 그렇다 쳐도 아빠 곰까지 날씬하게 만들 필요가 있나 싶었다. 순간 마음속에 갈등이 일었다. 어머님께 내가 다 듣고 있노라 사실을 알리고 노래를 중단시켜야 할지, 아니면 계속해서 모른 척 노래를 들어야 할지 나는 선택의 기로에서 한참을 고민했다. 결국 후자를 택함으로써 집안의 평화를 지키기로 했다. 동시에 속상한 마음은 봉인해 깊숙한 곳으로 밀어 넣었다.

어머님이 가시고 한동안 내 귓가에는 어머님 표 '곰 세 마리' 동요가 끊임없이 재생됐다. 남편에게 이런 속상한 마음을 털어놓았지만, 크게 웃기만 할 뿐 그 어떤 말도 하지 않았다. 하긴 모태 날씬이가 임신 후 급격하게 불어난 나를 이해할 리 만무했다. 이후 엄마 곰이 뚱뚱해진 '곰 세 마리' 동요는 친정아버지의 입에서 다시 불리면서 스트레스가 절정에 이르렀고, TV나 오디오를 통해 나오는 '곰 세 마리' 동요도 모두 개사된 채로 들리는 이상한 경험까지 하게 되었다.

나는 이를 계기로 매번 결심으로만 끝내던 다이어트를 실행에 옮겼다. 그리고 석 달 만에 10킬로그램 감량이라는 쾌거를 이루어냈다. 그 결과 변비로 여러 차례 변기 테러를 했던 내가 시원하게 변을 보기 시작했고, 프리사이즈라 하기엔 너무 들러붙던 옷에도 여유 공간이란 게 생겨났다. 더 기뻐할 일은 무릎과 허리 통증이 줄어들었다는 것이다. 몸이 가벼워지자 체력이 좋아졌고 정신도 맑아져 아이들과 놀아줄 때 짜증이 줄었다. 좋은 변화였다.

엄마 곰은 여전히 날씬해지려면 한참이나 멀었지만, 아니 그때로 돌아가지 못할 확률이 더 높지만, 엄마 곰을 뚱뚱하게 만드는 이들에게 봉인해둔 말을 꺼내볼까 한다.

"엄마 곰도 처음부터 뚱뚱하진 않았어요."

3

아까우니까
천천히 자라렴

무늬만 엄마에서 진짜 엄마가 되다

아이들과 함께 있으면 TV를 보더라도 제한이 따른다. 그래서 생각해낸 것이 어린이 프로그램이나 다큐멘터리를 보는 것이었다. 다큐멘터리 중에서도 야생 동물을 다룬 편은 흥미로우면서도 쉽게 접할 수 없는 자연의 신비를 알려주기 때문에 채널을 돌리다가도 꼭 보게 된다. 그러다 카메라가 아프리카의 드넓은 초원을 비추기라도 하면 나는 여느 때보다 더 흥분해 아이들에게 외친다.

"얘들아~ 저기가 아빠가 있는 아프리카야!"

초롱초롱한 아이들의 눈에 아프리카라는 곳이 특별하게 담기길 바라면서 말이다. 그러고 보면 부모의 마음이란 다 똑같은 것 같다. 좋은 것을 보여주고 싶고 맛있는 것을 먹이고 싶은 마음. 자연에서 살아가는 동물도 마찬가지일 것이다.

야생 동물 다큐멘터리에는 빠지지 않고 등장하는 장

면이 있다. 바로 한 생명이 탄생하는 순간이다. 산통을 겪고 있는 어미를 보고 있으면 나도 모르게 뭉클해져서 응원하게 된다. 힘겹게 새끼를 낳은 어미가 가장 먼저 하는 것은 새끼를 핥아주는 것이다. 그러면 새끼는 보답이라도 하듯 얼마 지나지 않아 스스로의 힘으로 서고, 움직인다. 생명의 신비란 대단하고 또 대단하다.

어미의 정성으로 무럭무럭 자란 새끼들은 때가 되면 자립을 준비한다. 그때부터 어미들은 행동으로 본보기를 보이며 최선을 다해 새끼들의 자립을 돕는다. 어미 새가 날개를 펼쳐 멋지게 하늘을 나는 모습을 선보이면, 새끼는 두려움을 이겨내고 둥지에서 뛰어내려 첫 비행을 한다. 이렇게 어미의 모습을 그대로 모방하며 새끼들은 점차 독립된 개체로 성장해나간다.

이뿐만이 아니다. 새끼들은 생명과 직결된 먹이 사냥법도 배운다. 새끼 퓨마는 어미로부터 펭귄 사냥하는 법을 배우고 실전 사냥을 나가는데, 이때 현명한 어미는 뒤에서 그저 새끼를 지켜만 볼 뿐 아무 개입도 하지 않는다.

야생 동물 다큐멘터리를 보면서 나는 문득 나와 엄마

의 관계가 떠올랐다. 내가 처음 출산이란 것을 하고 조리원에서 아기를 안고 집으로 오던 날, 솔직히 막막했다. 조리원에서 분명 기본적인 교육을 받았음에도 뭐부터 해야 할지 아무 생각이 나지 않았다.

그때 엄마는 내게 한줄기 빛과 같았다. 우리 남매를 키운 것을 마지막으로 몇십 년 만에 신생아를 보는 것이었지만, 엄마는 30년도 더 넘은 육아정보를 고스란히 보존하고 있는 컴퓨터처럼 움직였다. 한동안 우리 집에 머물면서 엄마는 어미 퓨마처럼 몸소 신생아 돌봄의 정석을 보여주셨다. 그리고 내가 아기를 목욕시킬 때, 기저귀를 갈 때, 심지어 모유 수유로 힘들어할 때도 엄마는 내게 육아 전문가처럼 아낌없는 조언을 해주셨다. 그 덕분에 나는 신생아 육아에 대한 두려움을 조금씩 내려놓을 수 있었다.

엄마 없이 혼자 아이를 돌보게 된 날, 우리 부부는 첫 사냥을 나가는 새끼 퓨마와 같은 마음이었다. 하지만 뒤에서 든든하게 지키고 있는 엄마가 있다는 생각에 더는 두렵지 않았다. 그렇게 좌충우돌 큰 탈 없이 아이를 잘 키울 수 있었던 건 순전히 엄마의 따뜻한 가르침 덕분이었다.

내가 아이를 기르다보니 사람이나 동물이나 부모의 가

르침과 도움 없이는 살아갈 수 없다는 것을 느낀다. 훗날 내 아이도 결혼을 하고, 아이도 낳을 것이다. 그날들을 위해 지금 이 순간들을 잘 기억해두려고 한다. 우리 아이들이 무늬만 부모가 아닌 진짜 부모가 될 수 있도록 도울 수 있게 말이다.

사계절을 만지는 아이

시골 동네에 살았던 나는 사계절을 온몸으로 맞이했다. 봄이 오면 친구와 함께 자전거를 타고 논과 밭으로 쑥을 캐러 다니고, 여름이 오면 개울가에서 물고기를 잡고 헤엄을 쳤다. 가을이 오면 동네 뒷산에 올라 낙엽을 밟으며 도토리를 주웠고, 차디찬 겨울이 오면 처마에 매달린 고드름을 따먹으며 코와 볼이 빨개질 때까지 눈을 만졌다.

어린 시절 자연은 나에게 친구이자 삶 그 자체였다. 지금은 이 값진 경험을 하려면 애써 찾아 나서야 하는 시대가 되어 매우 아쉽다. 하지만 우리 아이들은 내가 그랬던 것처럼 사계절의 아름다움을 놓치지 않고 자랐으면 하는 마음이 간절하다.

몽글몽글 맺혀 있던 꽃망울이 봉오리를 터뜨리는 봄이 오면 나는 아이들을 데리고 밖으로 나갔다. 눈이 녹은 자리에는 풀이 무성하게 자라 있었고, 풀 사이사이로 노랗게 얼굴을 내민 민들레가 우리의 발목을 잡아 세웠다. 아이들과 나는 꽃이 지면 민들레 씨앗을 날려보기로 약속했고, 드디어 봄바람이 불던 날 멀리 날아갈 준비를 마친 하얀 민들레를 우리는 꺾어 들었다. 양 볼에 있는 힘껏 바람을 넣어 '후~' 불기 시작하자 민들레는 홀씨가 되어 바람을 타고 자유롭게 날아다녔다.

여름이 되면 우리는 갯벌로 향했다. 갯벌은 참으로 매력적인 곳이었다. 서서히 빠지는 물은 누가 뒤에서 잡아당기기라도 하는 듯, 우리가 충분히 갯벌을 탐색할 수 있도록 멀리서 기다려주는 듯했다. 물이 빠진 자리에 얼굴을 드러낸 갯벌은 신비로움 그 자체였다.

평소 책으로만 접하던 게와 망둑어, 조개를 두 눈으로 직접 보고 있자니 아이들도 나도 너무 신기해서 감탄사를 연발했다. 갯벌은 우리 가족 모두에게 잊을 수 없는 추억을 만들어주었고, 통에 가득 찰 정도의 조개도 선물해주었다.

알록달록 세상을 예쁘게 물들이는 가을이 드디어 찾아왔다. 가을은 첫째와 둘째가 태어난 계절이기도 하다.

예전의 나는 봄이 좋아 풀 내음과 흙바닥에 떨어지는 비 냄새를 그리워하며 봄날이 오기만을 기다렸다. 그런데 아이를 낳고 가을이 좋아졌다. 아이들은 내가 좋아하던 계절도 바꿔놓는 힘이 있었다.

매년 보던 단풍도 아이들로 인해 달리 보이던 날, 가을이 마치 아이들과 내가 가을과 사랑에 빠지도록 때를 맞춰 찾아온 것이 아닌가 상상해보기도 했다. 근처에 큰 은행나무가 한 그루 있어, 우리는 은행잎이 초록에서 노란 옷으로 갈아입는 모습을 지켜볼 수 있었다. 이윽고 은행나무가 노란 물결을 이루자 넋을 놓고 바라보기도 했다. 그러다 어디선가 풍겨오는 구린내에 정신을 차리기도 했다.

구린내의 범인인 은행을 마치 지뢰인 양 요리조리 피해 걷다가 밟기라도 하면, 우리는 낙엽을 찾아 냄새가 사라질 때까지 콩콩 뛰며 트위스트 춤을 췄다. 천진난만한 아이들의 모습에 덩달아 나도 신이 났다.

가을 산책의 마무리는 예쁜 단풍잎과 낙엽을 주워오는 것으로 끝났는데, 우리는 그것을 스케치북에 붙여 매번 재미난 작품을 만들어냈다. 가을은 우리를 매년 예술가로 변신시켜 주는 고마운 계절이었다.

가을이 지나면 사계절의 완성인 겨울이 찾아온다. 아이들이 1년 중 가장 기다리는 계절이기도 하다. 이유야 당연히 눈이다.

눈이 어느 정도 내려 쌓인 후 우리는 장갑과 모자, 목도리로 중무장을 한 뒤 밖으로 나갔다. 아이들은 눈이 오면 신나게 뛰어다니는 강아지같이 여기저기 발 도장을 찍느라 정신이 없었다. 한참을 뛰어다닌 후에야 눈을 쓸어 뭉쳐서, 누가 먼저랄 것도 없이 서로에게 눈을 던졌다.

한바탕 눈싸움을 하고 나면 작은 부상자가 속출하기 마련인데, 나는 이 기회를 놓치지 않고 치료를 핑계삼아 철수했다. 감기에 걸리면 한동안 고생할 아이들이 걱정되었기 때문이다.

봄, 여름, 가을, 겨울, 사계절과 온몸으로 뒹구는 아이들은 놀이터에서도 자연을 찾아 놀았다. 마른 땅에서는 개미를 관찰하며 모래 놀이를 했고, 비가 온 뒤에는 물웅덩이에 들어가 있는 힘껏 발을 굴렀다. 신발이 젖고 옷이 젖었지만 나는 전혀 개의치 않았다. 지금 아이가 누리고 있

는 자연을 통해 더 큰 배움과 즐거움을 얻는다는 것을 알
기 때문이다.

건강하게 헤어지는 중입니다

아이를 키우는 부모라면 애착인형에 대해 모르는 사람이 없을 것이다. 애착인형은 엄마의 육아를 돕는 아이템 중 하나로, 아이의 정서적 안정에 도움을 주는 역할을 한다. 그래서 나도 출산을 기다리며 손바느질로 애착인형 하나를 만들었다.

완성된 토끼 인형의 모습은 어설펐으나 아기 옆을 지켜줄 든든한 보디가드가 생긴 것 같아 뿌듯했다.

『초보 엄마 심리학』*이라는 책에서는 애착인형에 대해 이렇게 설명한다. 아이가 낯을 가리는 시기에 아기에게 특별한 대상이 생기는데, 주로 아기는 담요나 인형 같은 것이라고 한다. 한 심리학자는 이를 중간 대상이라 불렀다. 중간 대상은 엄마와 아기 모두를 의미하므로, 아기에게

* 이지안, 『초보 엄마 심리학』, 글항아리, 2019.

110

담요나 인형은 자기 자신이자 엄마이기에 무척이나 중요한 물건이다. 그래서 엄마 마음대로 바꾸거나 버려선 안된다는 것이다.

첫째가 태어난 뒤 나는 아이 곁에 늘 토끼 인형을 두었다. 애써 만든 인형에 관심을 가져주길 바라는 마음에서였지만, 어째서인지 아이는 토끼 인형보다 아기 이불에 더 관심을 보였다. 아이는 곧 이불과 사랑에 빠졌고, 온종일 이불과 함께했다. 놀 때도 잘 때도 아이 옆에는 항상 이불이 있었다. 아이는 이불을 만지는 것을 넘어 냄새를 맡고 물어뜯으며 부지런히 이불에 자신의 체취를 남겼다.

애착이불은 아이에게만 좋은 것은 아니었다. 자다 깬 아이에게 이불만 안겨주면 곧장 다시 잠이 들었으니 나에게도 천국을 가져다준 셈이다. 사정이 이러하다 보니 어느새 이불은 형체를 알아볼 수 없을 지경이 되었다. 빳빳했던 이불은 해파리처럼 흐물흐물해졌고, 아이가 치아로 낸 구멍은 손가락 하나 들어갈 정도의 크기에서 발이 다 들어가고도 남을 만큼 커졌다.

나는 아이의 위생을 위해서라도 결단을 내려야 했다.

이불을 버리기로 한 것이다. 우선 주변 육아 동지들의 말의 들어보니 아이에게서 애착물을 분리한다는 게 좀처럼 쉬운 일이 아니었다.

어떻게 하면 우리 아이가 애착물과 건강하게 헤어질 수 있을지 고민한 끝에, 한 달이란 시간을 가지고 아이가 애착 이불과 건강하게 이별하도록 애도의 과정을 가지기로 했다. 기간을 정해놓은 것은 아이가 마음의 준비를 할 수 있도록 남은 시간을 말해주기 위해서였다. 그렇게 우리는 한 달간 매일 밤마다 아이의 눈높이에 맞춰 이불에게 작별인사를 했다. 작별인사라고 거창할 것도 없었다. 그동안 이불에게 고마웠던 이야기를 하면서 인사를 나누는 게 다였다.

"서진아, 우리 이불하고 인사하자. 이불아! 그동안 서진이 따뜻하게 해줘서 고마워."

내 말에 맞춰 아이가 이불을 쓰다듬으며 인사했다. 아이의 따뜻한 손길과 마음이 이불에 닿는 것만 같았다. 우리는 다음날도 그다음날도 이불과 헤어지는 연습을 했다.

"서진아, 우리 이제 열 밤만 자면 이불하고 안녕할 거야. 오늘도 고마워, 인사하고 자자."

그렇게 아이는 한 달을 꼬박 이불과 헤어지는 연습을 했다.

결과는 성공적이었다. 혹시 한 달이 지나서도 아이가 불안해할까 싶어 나는 대비책으로 이불을 바로 버리지 않고 다른 방에 보관해 두었다. 아이가 차츰 이불에 대한 관심이 사라질 때쯤 비로소 나는 이불을 우리 집에서 완전히 떠나보낼 수 있었다. 나와 같은 고민을 가진 지인에게도 우리 아이가 어떻게 애착 이불과 잘 헤어졌는지 말해주었고, 얼마 지나지 않아 지인의 아이도 토끼 인형과 잘 헤어졌다며 고마워했다.

우리는 군인 가족이라는 특수한 상황으로 자주 이사를 해야 한다. 그만큼 아이들도 사람들과 자주 이별을 겪을 수밖에 없다. 우리에게 앞으로 몇 번의 이사가 더 남았을지 알 수 없지만, 확실한 건 아이와 함께하는 이사는 단순한 문제는 아니라는 거다. 몇 번의 경험 끝에 나는 그 사실을 통감했다.

첫째 아이는 어린이집을 다닌 직후부터 이사로 인해 3년 동안 세 번이나 원을 옮겼다. 적응하자마자 친구들과 헤어져야 하는 일이 아이에게 자칫 마음에 상처로 남을까 나는 늘 노심초사했다. 다행인 것은 애착이불과 잘 헤어진 경험이 우리에게 있다는 거였다.

그 경험을 토대로 나는 이사하기 전, 아이가 이별에 대해 충분한 애도 과정을 가질 수 있도록 시간을 주고 도왔다. 일상 속에서 자연스럽게 언제쯤 어디로 이사하는지도 말해주고, 어린이집에도 일찍 알려서 선생님과 친구들이랑 아쉽지 않을 만큼 작별인사를 하게 했다. 그때 친구들과 교환한 선물과 찍은 사진은 새로운 곳에 적응하면서 두고두고 이야기할 거리를 만들어주었다.

지금 우리 아이들은 또 한 번의 이별을 앞두고 있다. 그 사이 부쩍 커버린 첫째는 이제 친구들과 헤어지기 싫다고 말하지만, 나는 크게 걱정하지 않는다. 이번에도 우리 아이들은 친구들과 건강하게 잘 헤어지리라는 것을 알기 때문이다.

헤어짐에는 애도 과정이 꼭 필요하다. 그래야 건강하게 잘 헤어질 수 있다.

영원한 친구도 원수도 없는 엄마들의 세계

한 생명이 태어나면 엄마인 나도 새롭게 태어난다. 이전과는 전혀 다른 새롭게 짜인 판에서 예측 불가한 생활을 하게 된다. 모든 것이 아이에게 맞춰져서 돌아가는 일상이 때로는 미치고 팔짝 뛸 노릇이지만, 사람은 적응의 동물인지라 시간이 걸릴 뿐 언젠가는 일상에 맞춰 나를 최적화시킨다.

그런 반면 아무리 노력해도 내 마음대로 할 수 없는 것이 있다. 엄마 대 엄마로서 하는 인간관계가 바로 그것이다. 인간의 영원한 숙제인 인간관계는 설레지만, 스트레스를 동반한다는 게 문제다.

엄마로서 처음 맺게 되는 인간관계는 출산 직후 산후조리원에서 시작된다. 낯선 공간과 사람들 사이에 놓여진 엄마는 2주라는 짧은 시간 동안 다양한 인간관계를 맺게 된다. 그러면서 배우는 것은 하나다.

'맨살을 드러낸 사이는 군대 동기만큼 끈끈하다.'

내 평생 그렇게 당당하게 가슴 단추를 열어 보인 곳은 산후조리원밖에 없었다.

산후조리원에서의 일상은 매우 단순하다. 먹고 수유하고, 먹고 수유하고 자고를 반복하므로 하루가 무료하게 느껴지고 우울하기도 하다. 이때 비슷한 시간대에 마주치는 엄마들은 더할 나위 없이 좋은 말동무가 된다. 수유실은 대화의 물꼬를 트기에 좋은 공간이다. 은은한 조명 아래 맨살을 훤히 드러내놓고 있으면 어색함에 절로 말이 하고 싶어지기 때문이다. 아기의 숨소리 말고는 아무것도 들리지 않는 그곳에서 엄마가 된 우리는 첫 인간관계를 시작한다.

수유실에는 몇 가지 공식질문이 있다.

"아들이에요, 딸이에요?"

"첫째예요, 둘째예요?"

"자연분만했어요, 제왕절개했어요?"

이 세 가지 질문으로 대화의 물꼬를 트면 다음 단계인 나이 묻기가 이어진다. 이때 비슷한 또래라면 왠지 모르게 더 친근감을 느끼며 순식간에 친해진다. 그리고 조리원에 있는 동안 운명공동체가 되어 서로의 일상에 활력을 불어넣어 준다. 이 관계는 퇴소 후에도 조·동(조리원 동기)이라는 이름으로 이어진다. 조·동의 결말은 마음 맞는 사람끼리 소모임을 결성하면서 끝나는 경우가 많다.

아이가 혼자 앉을 수 있는 6개월쯤 되면 엄마들은 또 다른 인간관계를 시작하게 된다. 아이의 성장발달을 도모할 겸 육아 동지도 찾을 겸, 겸사겸사 문화센터에 등록하기 때문이다. 아이와 함께 사회에 첫발을 내디딘 엄마들은 조·동과는 또 다른 공감대를 형성하면서 친해지게 된다. 이 만남 역시 평생 갈 것 같지만, 그렇지가 않다. 각자 가진 육아 가치관, 성향, 생활방식이 다 다르므로 관계에 틈이 생길 수밖에 없다.

이맘때쯤 인간관계에서 오는 스트레스가 고개를 내민다. 그러나 엄마들의 새로운 만남은 계속된다. 아이가 어린이집, 유치원에 다니기 시작하면 의외로 자연스럽게 인간관계가 시작되는 경우가 많다. 우리 아이와 등·하원 시간대가 비슷하거나 같은 버스를 타는 아이의 엄마들과 가까워질 확률이 높기 때문이다. 하지만 이때도 이 정도의 말을 할 수 있는 용기는 있어야 한다.

영원한 친구도 원수도 없는 엄마들의 세계

"시간 괜찮으시면 커피 한 잔 할래요?"

커피를 매개로 마음의 빗장을 연 엄마들은 아이가 같은 반이거나 동성이라면 더욱 빨리 친해진다. 여기에 하원 후 놀이터 지옥에서 함께 그네를 밀다보면 어느새 친구 혹은 언니 동생 사이가 된다. 이렇게 가까워진 엄마들은 아이들을 등원시키고 카페에 모여 수다를 떨며 정보를 주고받는다. 주로 어린이집(유치원) 일상 공유, 연령에 맞는 교육 정보, 저녁거리 등이 주된 이야깃거리이고, 육아 스트레스와 남편과 시댁 이야기는 덤이다.

이 관계는 어린이집 혹은 유치원을 다니는 기간 동안 짧게는 1~2년에서 길게는 3~4년간 지속되는데, 함께 보낸 시간이 길수록 사이가 돈독해져서 서로에게 든든한 육아동지가 되어준다. 그런데 인간관계라는 것이 꼭 원하는 대로만 흘러가지 않는다. 서운함이라는 작은 싹에 오해의 열매가 주렁주렁 맺히면 단단했던 그들 사이도 끝내는 멀어지고 만다. 육아커뮤니티에는 이를 증명이라도 하듯 엄마들의 인간관계에 대한 고민 글을 어렵지 않게 찾아볼 수 있다. 제목은 보통 이렇다.

'제가 이상한지 좀 봐주세요', '아이 친구 엄마 계속 만나야 할까요?' 제목에서부터 고뇌가 느껴지는 글들을 보면서 한때 내가 겪었던 일이 떠올랐다.

　아는 사람 하나 없는 민간아파트로 이사했을 때였다. 외로웠다. 하지만 아이만큼은 외롭지 않길 바라는 마음에서 하루빨리 친구를 만들어주고 싶었다. 그래서 한동안 나는 아이들과 유치원 옆 놀이터를 뻔질나게 드나들었다. 그 결과 비슷한 시간대에 하원하는 친구들과 자연스럽게 친해질 수 있었다.

　나는 이 기회를 놓치지 않기 위해 엄마들이 모이는 곳이라면 늘 달려가 한자리를 차지하고 앉아 있었다. 아이들을 등원시킨 후에는 카페에서, 하원 후에는 놀이터에서 만나 쉴 새 없이 의미 없는 수다를 떨었다. 그때 내가 할 수 있는 거라곤 그들에게 내 시간을 투자하는 일밖에 없었다.

　그러나 시간이 쌓이면 사이가 더 돈독해질 거란 예상과 달리, 중간에 합류한 나는 그들 사이에서 물과 기름처럼 겉돌 때가 많았다. 게다가 카페에서 낮 시간을 다 보내고 집으로 돌아올 때면 잔뜩 쌓여 있는 집안일로 오히려 더 심한 스트레스를 받았다. 이런 일상이 반복되자 나는 인간관계에 회의가 들었다.

그러던 어느 날, 엄마들과 대화 중에 나만 빼고 그들끼리 밥을 먹으러 갔던 사실을 알게 되었다. 나는 애써 태연한 척했지만 무너져내리는 마음은 어쩔 수가 없었다. 침울한 기분을 남편에게 하소연했고, 공감 못해주는 병에 걸린 남편은 나를 더 객관화시켰다.

"여보, 근데 원래 그 사람들이랑 친했어?"

남편의 질문에 나는 잠시 할 말을 잃었다. 남편 말대로 그들과 내가 알게 된 지 고작 몇 개월밖에 지나지 않았기 때문이다. 그렇게 남편의 위로 같지 않은 위로를 곱씹다 보니 밥 사건은 내가 그리 속상해할 일도 아니었다.

그 일이 있고 난 후, 나는 마음을 정비하는 시간을 가졌다. 내면이 허한 외로움으로 타인에게 의지했던 마음에 균형을 잡기로 한 것이다. 아이들의 관계에 영향을 주지 않을 정도로 적당한 거리를 두고, 엄마들과 너무 친해지려 애쓰지 않기로 했다. 그런데 신기하게도 꽉 쥐고 있던 관계의 끈을 놓자, 멀어질까 불안했던 마음이 사라졌다. 마음이 평온해지자 엄마들 사이에서 어떤 일이 벌어져도 나는 더 이상 동요하지 않게 되었다.

책 『초등 엄마 관계 특강』*에서는 엄마들의 인간관계에 대해, 요란스럽게 만난 인연 중 나이 들어서까지 그 관계가 이어지는 경우는 얼마 되지 않는다고 말한다. 지금은 영원할 것 같지만, 아이가 자라고 학년이 올라가면 그 관계도 자연스럽게 끝난다는 말이다. 그러니까 스쳐가는 인연에 너무 많은 에너지와 시간을 쏟지 말자. 내 감정을 낭비해 하루를 망치는 일도 하지 말자.

지금껏 내가 경험한 엄마들의 세계는 영원한 친구도 원수도 없었다. 지금 엄마들과의 관계로 힘들어하고 있다면 너무 애쓰지 말고 그저 물 흐르듯 흘려보내라. 그렇게 지내다 보면 때론 보석 같은 인연을 만날 수 있는 것이 엄마들의 세계다. 어차피 친해질 운명이면 친해지게 되어 있더라.

* 이미애, 『초등 엄마 관계 특강』, 물주는 아이, 2020.

엄마, 내 아이를 부탁해

언제부턴가 아이들의 등·하원 길이나 놀이터에서 '할마'들을 어렵지 않게 만난다. '할마'는 할머니와 엄마의 합성어로 손주를 돌보는 할머니들을 일컫는 말이다. 황혼 육아를 하는 조부모들이 많아졌다는 것을 체감하게 된 건 남편의 발령으로 지방에서 수도권으로 이사를 왔을 때다. 첫째 아이가 다니고 있던 유치원이 아파트 단지 내에 있어서, 하원 시간이 되면 아이를 데리러 오는 인파들로 늘 붐볐다. 이때 신기한 것은 엄마와 '할마'의 수가 비슷하다는 점이었다.

'할마'들 사이에서도 단연 돋보이는 한 분이 있었는데 증손주의 등·하원을 책임지고 있던 90대 할머니셨다. 매일 아침 지팡이를 짚고 아이를 유치원까지 데려다주시는 할머니의 증손주 사랑은 대단해 보였다. 그런 반면 할머니의 체력은 발랄하게 통통 뛰듯 다니는 아이를 따라다

122

니기엔 역부족으로 보였다. 가끔 나는 할머니가 넘어지시거나 다치실까 조마조마했다.

　비가 억수같이 내리던 날이었다. 그날도 어김없이 할머니는 한 손을 지팡이에 의지한 채 다른 한 손으로 우산을 들고 아이를 마중 나오셨다. 비가 오는 날이면 젊은 엄마들도 아이의 등·하원이 쉽지 않다. 하물며 90대이신 할머니는 얼마나 힘드실까 싶어 유심히 보던 중이었다. 할머니가 당신의 몸이 젖는지도 모르고 아이 쪽으로 한껏 우산을 기울여 조심조심 한 걸음씩 내딛었다. 할머니의 모습에 나도 모르게 눈가가 촉촉해졌다.

　우리 집도 예외는 아니었다. 첫째를 출산하고 복직을 하게 되면서 아이는 친정집에서 지내게 되었다. 부모님의 일상에도 크고 작은 변화가 생겼다. 기상 및 취침시간, 음식, 생활패턴에 이르기까지 아이 하나가 주는 적지 않은 변화를 감수하고, 부모님은 1년간 내 아이를 정성스럽게 키워주셨다. 그 덕분에 나는 일에 집중할 수 있었다.

　한번은 아이가 너무 보고 싶어 본가에 깜짝 방문한 적이 있었다. 집에 들어서자 거실 한가운데에 엎드려 있는 아이가 눈에 들어왔다. 휴대전화를 앞에 놓고 자유자재로 손가락을 움직이는 아이를 보자 갑자기 마음이 착잡해졌다. 미디어 노출을 최대한 늦추고 싶었던 나는 아이가 태어난 직후부터 TV를 거의 꺼놓다시피 하고 살았다. 그런데 아이의 손에 휴대전화가 떡하니 들려 있는 모습을 보니 머릿속이 복잡해졌다.

그에 더해 아이에게 밥을 먹이는 엄마의 모습도 도통 마음에 들지 않았다. 아기 의자가 있는데도 거실을 돌아다니며 밥을 먹도록 허용해주는 것도 못마땅하게 느껴졌다.

"엄마, 밥은 앉혀서 먹여야지!"

"괜찮다. 느그도 다 그렇게 컸다. 잘 먹으면 됐지."

"그래도 한번 돌아다니기 시작하면 앉아서 안 먹는다니까!"

"그렇게 잘하면 니가 데려가서 키워라."

의자에 앉혀서 먹여야 한다는 나와, 돌아다니면서 먹더라도 잘만 먹으면 그만이라는 엄마의 생각이 맞불어 이따금씩 언쟁으로 이어졌지만, 항상 결론 없이 마음만 상한 채로 대화는 끝이 났다.

엄마의 육아 방식에 종종 불만을 품었던 나는 주말이

되면 아이를 집으로 데려와 내 방식대로 음식을 해먹였다. 유기농 재료를 사다가 몇 가지 반찬을 만들고, 정해진 시간에 식탁 의자에 앉혀 아이에게 밥을 먹였다. 그러나 아이는 어떤 이유에서인지 식탁을 벗어나려 했고, 밥을 남기기 일쑤였다. 우리 집에서와는 달리 설거지 수준으로 그릇을 싹싹 비워내는 엄마의 밥이 떠올랐다.

별거 없어 보이는 엄마의 음식에는 어떤 비밀이 있는 걸까? 요리실력의 차이 때문일까? 비법의 소스라도 있는 걸까? 아이의 남겨진 식판을 보며 나는 곰곰이 생각했다. 그러다가 답을 찾을 수 있었다.

"오늘은 감잣국을 끓였는데 감자를 어찌나 잘 먹던지 어른 밥공기로 한 그릇을 뚝딱했다니까."

"저녁에는 블루베리를 먹였는데 입에 한 움큼 넣고 오물오물 얼마나 잘 먹던지."

엄마는 우리 아이가 무엇을 좋아하는지 가장 잘 아는 사람이었다. 그 사실을 매일 저녁 나와 통화하면서 은연중에 말해주고 있었다. 아이가 자신의 입맛에 맞는 음식을 잘 먹는 것은 당연한 일이었다. 그런 아이의 식성에 맞춰 음식을 만들고 먹이는 것 또한 엄마로선 당연했다. 엄마는 세상에서 단 하나뿐인 아이의 맞춤형 요리사였다.

머릿속에 조각난 퍼즐이 맞춰지자, 더는 엄마의 육아 방식에 토를 달지 않게 되었다. 대신 육아의 일관성을 위해 조율하는 과정은 가졌다. 육아 시 부모님이 꼭 지켜주셨으면 하는 것을 말씀드렸다. 엄마는 내 부탁을 지키려 최선을 다하셨고, 그때마다 나도 감사 표현을 잊지 않으려고 노력했다. 그리고 부족하지만, 정신적·육체적 노동에 대한 수고비를 드리는 것도 잊지 않았다.

지나고 보면 나는 가장 신뢰하는 사람에게 내 아이를 맡겼음에도 전적으로는 믿지 못했던 것 같다. 엄마식 육아가 지금 시대와 맞지 않는다고 생각했고, 다른 방법을 찾아볼까도 했었다. 하지만 아이를 셋이나 낳아 키우고 있는 지금은, 그때 내가 얼마나 어리석었는지 안다.

육아에는 정석이 없다. 그저 내게, 내 아이에게 맞는 육아가 최고의 육아법이다. 그런 의미에서 엄마는 내 아이에게 최고의 양육자였던 셈이다. 지금은 나도 엄마식 육아를 고수, 지지하고 있다.

"엄마, 아빠! 제 아이를 돌봐주셔서 진심으로 감사합니다"

산타할아버지에게 다시 연락해!

옷이 점점 두꺼워지는 것을 보니 연말이 다가오고 있음을 느낀다. 육아 전쟁터에서 날짜를 잊은 지 오래다. 그저 두꺼운 옷을 꺼내 입으면 겨울이 왔나 싶고, 얇은 옷을 입을 때면 봄이 오는구나 싶다.

오후가 되어 하원하는 아이들을 데리러 나가기 위해 두꺼운 패딩점퍼를 꺼내 입었다.

하원 버스가 서는 곳으로 가기 위해 서둘러 통로를 지나고 있었다. 그때 저 멀리 한 무리의 아파트 직원들이 분주하게 움직이는 것이 보였다. 직원 한 명은 사다리 위로 올라가 나뭇가지에 무언가를 열심히 달고 있었고, 나머지 분들은 길가에 있는 키 작은 조경수에 흰색 줄 같은 것을 두르고 있었다.

잠시 걸음을 늦추고 가까이 다가갔다. 바닥에 놓인 크고 작은 조형물이 눈에 들어왔다. 투명에 가까운 하얀색을 띠고 있는 별과 눈꽃 모양 조명이었다. 그리고 키 작은 조경수에 감겨 있는 것도 다름 아닌 흰 줄에 달린 수천 개의 작은 전구였다. 저 전구에 불이 들어오면 어떤 색으로 반짝일까? 설렜다. 깜깜해지면 아이들을 데리고 꼭 구경 나오리라 마음먹은 나는 직원에게 나지막이 물었다.

"오늘 저녁에 불빛 볼 수 있는 거예요?"

직원이 웃으며 답했다.

"크리스마스이브에 켜질 거예요. 조금만 기다려주세요."

급하게 날짜를 세어봤더니 크리스마스를 일주일 앞두고 있었다. 아차! 아무리 육아로 바쁘더라도 그날을 잊고 지나갈 순 없다. 아이들이 1년을 꼬박 기다려, 상상 속에 있는 산타할아버지가 두고 가는 선물을 받는 날이기 때문이다.

이번 크리스마스는 남편 없이 혼자 준비해야 해서 나는 조금 서두르기로 했다. 그날부터 크리스마스 대작전이 시작되었다. 가장 먼저, 평소 아이들이 갖고 싶어 하던 장난감을 떠올렸다. 그중에서 가장 현실적이고 합리적인 가격의 장난감으로 주문을 마쳤다. 다행히 크리스마스 배송 대란 전에 장난감을 받을 수 있었다. 나는 선물이 아이들

눈에 띄지 않도록 모두가 잠든 밤에 예쁘게 포장했고, 아이들의 시선이 닿지 않는 곳에 잘 숨겨두었다.

올해 설날까지 우리 집 거실을 지키다 상자로 들어간 크리스마스트리도 다시 꺼냈다. 매년 반복되는 일에 새삼스러울 건 없었지만, 야무지게 소품들을 장식하는 아이들의 모습을 보면서 어느덧 크리스마스를 맞이할 날이 임박했음을 실감했다.

대망의 크리스마스 이브, 잠들기 전에 아이들과 돌아가면서 각자 산타할아버지에게 받고 싶은 선물을 말해보기로 했다. 첫째는 요즘 한참 빠져 있는 캐릭터의 카드가 갖고 싶다고 했다. 알면서도 다른 선물을 준비한 나는 뜨끔해 속으로 첫째에게 사죄했다.

'미안하다, 아들아. 엄마는 큰돈 주고 그 비싼 종이 딱지 몇 장을 사줄 수가 없구나.'

두고두고 동생까지 물려줄 수 있는 현실적인 선물을 선택한 엄마의 마음을 조금이라도 헤아려주길 바랄 뿐이었다. 둘째는 역시나 자동차 시리즈를 줄줄이 말했다.

"어진이는 소방차, 경찰차, 덤프트럭 좋아해."

집에 없는 레미콘을 준비한 나는 센스 있는 엄마였다.

산타할아버지에게 다시 연락해!

레미콘을 보고 뛸 듯이 기뻐할 둘째를 상상하니 뿌듯한 마음이 밀려왔다. 나는 마지막으로 돌 즈음의 막내에게 너는 무엇이 갖고 싶으냐 물었다.

"음마. 음~마."

그래, 그럴 줄 알고 막내의 선물은 준비하지 않았다. 조금 더 크면 갖고 싶은 선물을 해주리라 혼자 약속하면서 크리스마스에 내 사랑을 듬뿍 주기로 했다.

훈훈하게 마무리하고 자려던 찰나, 첫째가 내게 뜻밖의 질문을 했다.

"엄마, 그런데 산타할아버지가 우리 집에 어떻게 선물 놔두고 가?"

생각지도 못한 질문에 조금 당혹스러웠다.

"아, 우리가 자고 있을 때 집에 살짝 두고 가신대."

어쨌거나 두고 간다고 했으니 더는 묻지 않겠지, 확신하고 한 답이었다.

"산타할아버지가 우리 집 비밀번호를 알아?"

뭔가 이상하다는 듯 첫째가 다시 물었다.

"글쎄⋯ 모르실걸? 그럼 집 앞에 놓고 가시겠네."

임기응변으로 위기를 넘기나 했지만, 첫째는 계속해서 질문을 이어갔다.

"아니지. 산타할아버지는 집 안에 선물 두고 가잖아. 문 앞에 놔두면 누가 가져가면 어떡해? 맞다, 산타할아버지는 하늘에서 지켜보고 있으니까 우리 집 비밀번호 아시겠다. 그치 엄마?"

아이는 산타할아버지가 하늘에서 썰매를 타고 친구들에게 선물을 주러 다니는 그림책을 본 적이 있다. 이런 순수한 아이의 말에 나는 동심을 지켜주고 싶었다. 하지만 일면식도 없는 산타할아버지가 우리 집에 들어온다고 생각하니 괜히 께름칙해져 속마음이 입 밖으로 튀어나와 버렸다.

"서진아, 모르는 사람이 남의 집에 몰래 들어가면 주거침입죄로……."

아이가 주거침입죄가 무엇이냐고 재차 물어서 정신이 번쩍 돌아왔다. 그리고 다시 아이가 원하는 방향으로 답을 해줄 수밖에 없었다.

"아, 아니면 산타할아버지가 창문으로 들어오실 수도 있겠다. 트리 앞에 선물 두고 가실 거니까 걱정하지 말고 자."

아이의 동심을 강제로 파괴하는 엄마가 되고 싶진 않아서 입을 꾹 다물었다.

산타할아버지에게 다시 연락해!

크리스마스 날 아침, 아이들은 눈을 뜨자마자 거실로 나가 선물을 확인했다. 그리고 딱, 내가 상상한 모습 그대로의 표정을 지어 보였다. 역시나 원하는 선물을 받지 못한 첫째는 울먹이며 산타할아버지에게 다시 연락하라고 했다. 나는 웃음이 터져나오는 것을 참느라 혼났지만, 뜬금없이 마음껏 순수할 수 있는 아이들이 부러웠다.

가만 생각해보면 나는 어른이 되고 나서 내 안에 있는 동심을 꺼낸 적이 거의 없었다. 내 안에 동심은 둘레를 넓히면서 몸과 함께 커졌지만, 그것을 모른 채 나는 살아가고 있었다. 아이들과 함께 있으면 잊고 있던 내 안에 동심을 만날 때가 있다. 아이들에게 감사한 순간이다.

아까우니까 천천히 자라렴

아이들은 정말 빨리 자란다.

첫째가 태어나고 초보엄마 딱지를 붙인 시절, 나는 처음 운전대를 잡은 운전자처럼 떨렸다. 아무것도 모르는 초보엄마는 방어운전이라도 하듯, 바람 불면 날아갈세라 비 오면 젖을세라 아이를 꽁꽁 싸매고 키웠다.

그 결과, 아이의 첫 겨울은 겨울잠을 자는 곰처럼 거의 집 안에서 지내다시피 했다.

아이에 관한 일이라면 불안으로 시작해서 불안으로 끝나던 그때의 나는, 시기에 맞춰 아이에게 나타나야 할 행동발달이 조금이라도 늦어지면 걱정했다. 그래서 누구보다 더 부지런히 아이의 발달단계가 정상범주에 들도록 최선을 다했다. 먹는 것도 마찬가지였다. 개월 수에 맞춰 재료의 크기와 농도를 달리했고, 먹일 것과 먹이지 않아야 하는 것을 철저히 구분했다.

둘째가 태어나고 나는 초보엄마 딱지를 뗐다. 경력자 엄마가 된 후, 아이를 바라보는 시선과 행동에도 변화가 생겼다. 첫째 때와 달리 언어가 조금 늦었던 둘째를 보면서도 '때가 되면 다 한다'라는 마음의 여유를 가지게 되었다. 여유를 가지고 한 걸음 물러서서 아이를 지켜봤기에, '너무 늦은 거 아니야?'라는 주변의 말에도 더는 조급해하지 않았다.

둘째를 키우면서 나는 자주 '괜찮다'라는 말을 썼다. 이 말은 내게 마법과도 같은 말이었다. 아이가 조금 울어도 괜찮다, 날씨가 조금 춥거나 더울 때 외출해도 괜찮다, 감기에 걸려도 괜찮다. '괜찮다'라는 말 덕분에 나는 적당히 힘을 빼고 육아하는 법을 배웠다. 조급함을 내려놓자 아이의 웃음이 보였다. 그 미소는 일상의 행복이란 게 이런 것이구나, 알게 해주었다.

막내가 태어나고 나는 베테랑 엄마가 되었다. 아이가 셋이라 몸은 말도 못하게 힘들었지만, 육아에 임하는 자세는 전보다 훨씬 더 너그러워졌다. 막내를 보면 너그러워질 수밖에 없는 이유가 있다. 셋째는 사랑 그 자체다.

앞서 두 아이를 키워본 나는 막내의 성장과정이 그렇게 눈에 잘 들어올 수가 없었다. 누워 있는가 싶으면 이내 뒤집었고, 기어다니는가 싶으면 돌아서서 앉았다. 제발 천천히 자라라 입버릇처럼 말했지만, 아이는 짚고 일어서자마자 곧 걷고 뛰었다. 형들 아래서 자란 막내는 모든 것이 빨랐다.

돌아보니 어느새 세 아이가 훌쩍 커 있다. 만두같이 통통했던 아이의 발이 점점 납작해질 때면 나도 모르게 서운하다. 웅얼웅얼하던 말이 점점 명확하게 들리기 시작하면 나는 그게 그렇게 아쉽다. 그 발로 스스로 땅을 딛고 서게 될 테지만, 그 눈과 입으로 넓은 세상을 살아갈 테지만, 언젠가 내 품을 떠난다는 생각에 아이들이 자라고 있는 지금 이 순간에도 모든 것이 아깝다.

사랑을 주기에도 모자란 이 시간에 나는 하루에도 수십 번씩 후회할 짓을 한다. 아이들이 이렇게 빨리 자랄 줄 알았더라면 더 잘 해줬을 텐데, 더 많이 이해해줬을 텐데. 이제는 평계 대신 더 많은 사랑을 아이들에게 주리라 다짐해본다.

그러니까 "얘들아, 제발 좀 천천히 자라렴……"

4

나는
육아휴직자입니다

어떤 어른이 되고 싶은가

　우리 집은 1층이다. 아들 셋을 키우면서 1층이 아니면 답이 없다는 걸 빠르게 깨달은 후, 이사할 때마다 나는 1층을 고집한다. 1층에 살면 창밖 너머 멋진 풍경을 기대하긴 어렵지만, 화단에 심어진 꽃이며 나무를 내 눈높이에서 감상할 수 있다는 장점이 있다.

　거실에 앉아 창을 넘어 들어오는 햇볕을 쬐면서 책을 읽을 때면 세상을 다 가진 것 같다. 정말이지 이때만큼은 그 어떤 방해도 받고 싶지 않다. 그러던 어느 날, 이 행복한 시간을 와장창 깨는 일이 발생했다. 우리 집 창문으로 무언가 날아들었는데 그 소리가 꽤 묵직했다.

　나는 재빨리 소리의 근원지를 찾아 창밖을 이리저리 살피다가, 통로 쪽에서 부산스럽게 움직이고 있는 한 무리의 아이들을 보았다. 집 앞 조경수가 시야를 가려 대체 무슨 일이 벌어지고 있는지 도통 알 길이 없었지만, 분명한 건 불길한 예감이 든다는 것이었다.

그때 다시 창문으로 날아든 무언가가 '툭' 하는 소리와 함께 풀밭으로 떨어졌다. 돌이었다. 창문을 열고 있었다면 내 얼굴을 강타했을지도 모를 돌을 보며, 나는 그 자리에 얼어붙어 버렸다.

도대체 밖에서 무슨 일이 벌어지고 있는 걸까? 나는 아이들의 행동을 자세히 살펴보기 위해 안방으로 자리를 옮겼다. 나무 아래에는 초등생으로 보이는 대여섯 명의 남자아이들이 서 있었다. 아이들은 무슨 이유에서인지 나무를 향해 돌을 던지고 있었다. 조준에 실패한 크고 작은 돌이 아래로 떨어지거나 1층인 우리 집을 향해 날아들고 있었다.

그대로 두기엔 너무 위험해 보였다. 아이들의 행동을 제지하기 위해 유심히 관찰하던 중, 아이들이 나무 위를 뚫어지게 바라보는 것을 알아차렸다. 그들을 따라 한껏 고개를 꺾어 올려다보니 세상에, 나뭇가지에 축구공이 걸려 있는 게 아닌가!

그제서야 나는 아이들의 행동이 이해되었다. 아이들을 도와주고 싶었지만, 높아도 너무 높은 곳에 걸려 있는 축구공은 아무리 키가 큰 사람이 와도 쉽지 않아 보였다. 어떻게 할까? 전전긍긍하고 있던 그때, 아이들은 작전회의라도 하는 듯 머리를 맞대더니 이내 순식간에 흩어졌다. 그 모습이 무척이나 신경 쓰여 계속해서 지켜보았다. 곧 정적을 깨고 큰소리를 내며 달려오는 한 아이를 보고는 경악할 수밖에 없었다.

"야, 찾았다!"

기쁨에 찬 아이의 두 손에는 혼자 들기에도 상당히 버거워 보이는 큰 돌이 있었다.

아이는 친구들에게 돌을 잠깐 보인 뒤 어디론가 홀연히 사라졌다. 다시 웅성거리는 아이들의 소리를 따라 고개를 들었을 때 나는 온몸에 털이 삐쭉 서는 것 같았다. 축구공이 걸려 있는 나무의 반대편 건물로 올라간 아이는 돌을 들고 난간에 서 있었다. 그 큰 돌을 나무 위로 던져 축구공을 떨어뜨려 볼 속셈이었다.

순간, 어떻게든 아이의 행동을 막아야겠다는 생각밖에 들지 않았다. 관리사무소로 전화를 걸었다. 다행히 재빠르게 대처해준 덕분에 별다른 일없이 일단락되었지만, 내 마음은 왠지 모르게 찜찜했다.

'왜 나는 어른으로서 적극적으로 아이들을 도와주지 못했을까?'

관리사무소에 전화하기 전에 직접 나서서 아이들의 위험한 행동을 제지할 수도 있었지만, 그러지 못한 것이 내내 마음에 걸렸다.

이렇게 된 데는 놀이터에서 일어난 일의 영향이 컸다. 얼마 전 아이들과 놀이터에서 놀고 있을 때였다. 두 돌쯤 되어 보이는 어린아이가 놀이터 한쪽에 세워져 있는 킥보드를 만졌는데, 그 모습을 보고 한 아이가 달려와서 다짜고짜 어린아이를 밀쳐버렸다. 자신의 킥보드를 만졌다는 이유에서였다. 그 모습을 지켜보고 있던 어린아이의 엄마는 자신의 아이를 재빨리 일으킨 후, 밀친 아이에게 킥보드를 만져서 미안하다고 사과했다.

나는 이쯤 되면 당연히 밀친 아이의 엄마가 나타나서 자기 자식의 잘못된 행동을 훈육하리라 생각했다. 하지만 그 아이의 엄마는 어딜 갔는지 코빼기도 비치지 않았다. 그때 내가 앉아 있던 인근 벤치에서 수군거리는 말소리가 들려왔다.

"애 엄마는 왜 남의 물건을 만지게 두는 거야?"

"원래 여섯 살은 자기 물건 만지는 거 싫어해."

"나도 누가 우리 애 물건 만지는 거 싫더라."

이 이야기를 듣는 순간 내 귀를 의심했다. 아무리 물어보지 않고 킥보드를 만졌기로서니 아이를 밀친 것은 분명 잘못된 행동이었다. 보통의 엄마라면 상황이야 어찌 되었건 아이를 밀친 것에 대해 먼저 사과하게 했을 것이다.

하지만 아이의 잘못된 행동을 정당화하는 일부 비상식적인 엄마들을 보면서 또래의 아이를 키우고 있는 나로선 씁쓸한 마음이 들었다.

우리는 아이가 정말 귀한 시대에 살고 있다. 나를 포함해 부모들은 너나 할 것 없이 아이를 애지중지 키운다. 그러나 아이들은 혼자 살아갈 수 없다. 함께 잘 살아가기 위해선 우리 어른들이 '어른답게' 도와주어야 한다. '어른다움'에 대해 자꾸만 생각해보는 요즘이다.

4월 16일

2014년 4월 16일. 대학 내 취업센터에서 직업상담사로 일할 때였다. 동료와 점심을 먹기 위해 사무실 한쪽에 자리를 잡고 도시락을 펼쳤다. 그리고 습관적으로 TV를 켜 정오 뉴스를 시청했다.

세상 돌아가는 이야기와 우리의 사담을 곁들여 밥을 먹고 있던 중, 뉴스 화면 위로 갑자기 크고 진한 자막 하나가 떴다. '뉴스 속보'였다. 화면은 순식간에 전환되어 한 곳을 비추고 있었다. 바다 한가운데였다.

바다는 그 깊이를 알 수 없을 정도로 까맣게 물들어 있었다. 그 짙은 바다 위로 떠 있는 새하얀 물체 하나가 눈에 들어왔다. 동료와 나는 동시에 '저게 뭐지?' 하며 화면을 향해 눈을 치켜떴지만, 물체의 절반이 바닷속에 잠겨 있어 한눈에 형체를 알아볼 수가 없었다. 답답하던 찰나, 다시 자막 하나가 떴다.

'진도 해상 부근 여객선 침몰 중'

너무 놀란 나머지 나는 들고 있던 숟가락을 내려놓고
입을 틀어막았다. 뒤이어 탑승자가 거론되었다. 탑승객의
절반 이상이 수학여행 길에 올랐던 한 학교의 학생들이었
다. 마음이 저릿했다. 내게 취업상담을 받으러 온 학생들
중 갓 대학 새내기가 된 아이들이 제법 많았다. 아직 고등
학생 태를 벗지 못한 아이들이었는데 그 때문인지 나는
뉴스에 더 몰입하게 되었다. 그리고 마음을 다해 빌었다.
'제발 학생들이 무사히 구조되게 해주세요.'

여객선 안에서 구조를 기다리며 떨고 있을 학생들을
생각하니 눈물이 났다.

결국, 구조를 기다리던 학생들의 대부분은 집으로 돌
아오지 못했다. 희생자들을 추모하는 현장에는 진심으로
마음 아파하는 이들이 달아놓고 간 노란색 리본이 물결
을 이루었다. 리본에는 이런 글귀가 쓰여 있었다.

'잊지 않겠습니다.'

그로부터 2년 뒤인 4월, 결혼 후 첫 번째로 맞이한 결혼

기념일이었다. 외식 후 집으로 돌아온 우리는 영화 한 편을 보기로 했다. TV를 켠 순간, 익숙한 장면에 시선이 고정되었다. 짙은 바다 위, 새하얀 배. 그날이 떠올랐다. 많은 이들이 미치도록 가슴 아파했던 그날 말이다.

'몇 주기'라는 자막이 곧 눈에 들어왔다. 그제서야 나는 그날이 나의 결혼식과 같은 날이라는 것을 알게 되었다. 지옥과 천국을 경험한 날이 같은 날이었다는 게 나는 믿기지 않았다. '잊지 않겠습니다'라고 쓰여 있던 노란 리본은 어느새 내 기억 속에서 까맣게 지워져 있었다.

시간이 흘러 한 유가족의 인터뷰를 본 적이 있다. 아이를 떠나보내고 가장 힘든 것이 무엇이냐는 질문에 유가족이 한 답은 내 마음을 먹먹하게 했다.

'잊히는 게 가장 무섭고 두렵습니다.'

우리는 지나간 역사를 통해 배운다고 하지만 더는 이런 참담한 역사를 만들지 않았으면 하는 바람이다. 그러기 위해선 우리들의 기억 속에서 그날들을 잊어서는 안 된다. 우리 아이들이 안전하고 행복하게 살아갈 수 있는 나라가 될 때까지 잊지 않고, 똑똑히 지켜봐야 한다.

나는 4월 16일을 평생 잊을 수 없게 되었다. 다행이다. 결코 잊어선 안 될 그날이, 나의 결혼기념일과 같은 날이라서…….

회사 화장실에서 유축하던 날

❀

첫째를 출산한 후, 나는 육아휴직을 다 채우지 못한 상태에서 조기복직을 하게 되었다. 갑작스러운 회사의 요청으로 복직 결정을 내렸지만, 돌도 안 된 아이가 걱정이었다.

오랜만에 출근한 회사는 그대로였다. 단지 달라진 게 있다면 엄마가 되어 돌아온 나뿐이었다. 그런 내게 회사 생활은 이전과는 다르게 불편한 것투성이였다. 당시 나는 갑작스러운 복직으로 모유 수유를 미처 끝내지 못하고 출근했다. 유축을 해야 하는 상황이었지만 회사에는 그럴 만한 공간이 없었다.

여성 근로자가 90퍼센트 이상인 회사인데도 제대로 된 여성 휴게실 하나 없다는 사실을 나는 그때서야 알게 되었다. 상황이 이렇다 보니 유축할 시간을 맞추기는커녕 하루 한 번도 유축을 하지 못하는 날이 많았다. 돌덩이처럼 딴딴해진 가슴을 안고 집으로 돌아오는 날이면 가슴 통증도 통증이지만, 차오르다 못해 줄줄 새어버린 모유가 수유 패드를 흥건히 적시고 속옷까지 물들인 것을 보면서 나는 내 선택에 많은 후회를 했다.

화장실에서 처음 유축하던 날을 나는 아직도 잊을 수가 없다. 불어난 가슴 통증을 도저히 참을 수 없던 나는 큰 결심을 하게 되었다. 회사에서 유일한 독립공간이었던 화장실에서 유축을 해보기로 한 것이다. 가로세로 1미터 남짓한 공간에서 그날 내가 느낀 감정은 차마 말로 표현할 수 없을 정도로 참담했다. 선택의 여지는 없었지만, 과연 유축한 모유를 아이에게 먹일 수 있을까? 수차례 마음속에 갈등이 일어난 것도 사실이다.

평생 가도 잊을 수 없는 경험을 나만 한 것은 또 아닌 듯했다. 육아커뮤니티에서 한 엄마의 사연을 읽게 되었다. 아이와 함께 외출에 나선 그녀는 모유 수유할 공간을 찾지 못해 제 발로 공공화장실에 들어갔다. 변기 뚜껑 위에 앉아 있는 자신과 아이를 바라보면서 '내가 지금 여기서 뭐하고 있지?'라는 자괴감까지 들었다며, 모유 수유로 마음 놓고 외출할 수 없는 것에 대해 우울감을 호소했다. 나는 그녀의 글에서 동병상련의 아픔이 느껴져 눈물을 훔쳤다.

회사 화장실에서 유축하던 날

여성들은 임신하면서부터 모유 수유를 권장 받는다. 모유 수유가 왜 아이에게 좋은지에 대해 보건소, 병원, 주변할 것 없이 지치도록 듣는다. 출산 전부터 거의 세뇌당하다시피 들었기에, 출산 후에 모유 수유를 하지 않으면 왠지모르게 죄책감이 들고 아이에게 미안해진다. 문제는 내가아이를 낳아보니 실상은 모유 수유할 환경이 갖춰진 곳이별로 없다는 점이다. 이런 상황에서 과연 불편함을 감수하면서까지 모유 수유를 할 엄마들이 얼마나 될까 싶다.

이런 불편함은 엄마들만 느끼는 것은 아니었다. 남편이해외파병을 가기 전까지 우리는 주말마다 나들이를 다녔다. 장거리 이동을 하게 되면 빼놓지 않고 들르는 곳이 있으니 바로 휴게소다. 그날은 내가 첫째와 둘째 아이를 데리고 화장실에 갔고, 그 사이 남편은 막내의 기저귀를 갈기 위해 수유실을 찾았다.

한참을 헤맨 뒤에야 건물 안 식당 한켠에 마련된 수유실을 발견한 남편은 반가운 마음에 한달음에 달려갔다. 그러나 어렵게 찾아간 수유실에서 남편은 아이의 기저귀를 갈 수가 없었다. 수유실 입구에 큼지막하게 붙어 있는'남성은 출입을 자제해주세요'라는 문구 때문이었다. 수유하는 곳과 기저귀를 가는 곳이 분리되어 있지 않은 수유실은 아빠들의 이용을 극히 제한하고 있었다. 하는 수 없이 아이를 화장실로 데려가 변기 뚜껑 위에서 기저귀를 갈았다는 남편의 얼굴은 당혹 그 자체였다.

시민을 대상으로 개선이 필요한 '성차별적 공간'을 묻는 조사에서, 참여자 35퍼센트가 여성 전용실에만 있는 기저귀 교환대와 수유실을 지적했다. 그렇다면 수유실에 아빠가 출입하는 것에 대한 엄마들의 생각은 어떨까? 이에 대한 설문 조사가 시행된 적이 있다. 이에 무려 65퍼센트의 엄마들이 공동육아를 위해 출입을 허용해야 한다고 말했다.

나는 이 결과를 보면서 아빠의 육아 참여도가 높아지길 간절히 염원하는 엄마들의 마음이 느껴졌다. 그러기 위해서는 수유 시설에 대한 명확한 관리기준 마련과 '수유실'이 아닌 '유아 휴게실'로 불릴 수 있는 우리 인식의 변화 또한 필요하다.

갈수록 아기가 귀해지는 세상이다. 저출생을 논하기 전에 출산율을 높일 수 있는 환경부터 갖추는 게 더 시급해 보이는 지금이다.

나는 돌아갈 곳이 없는 육아휴직자입니다

 내 인생은 출산 전과 후로 확연히 달라졌다. 좁게는 생활패턴과 식습관이, 넓게는 세상을 보는 시선이 달라졌다.

 첫째를 출산하고 육아휴직 중, 나는 부서장으로부터 전화 한 통을 받게 되었다. 새롭게 시작하는 프로젝트에 내가 참여하길 바란다는 것이었다. 결국 조기복직을 하게 되었지만 새롭게 시작한다던 프로젝트는 무산되었고, 단독으로 있던 내 부서마저도 사라지고 없었다. 그 누구도 책임지지 않는 상황에서 망연자실한 나는 복직을 무르고 싶었지만, 내 아이를 돌보기 위해 일자리까지 그만둔 친정엄마를 떠올리니 차마 실행에 옮길 수 없었다. 어쩔 수 없이 다른 부서에서 일하게 된 나는 하루하루 전투에 참전하는 용사처럼 비장한 마음으로 출근했다.

 시간이 흘러 나는 둘째 아이를 임신하게 되었고, 출산·육아휴직을 승인받기 위해 부서장에게 임신 사실을 알렸다. 하지만 이번에는 조기복직 통보보다 더 황당한 말을 듣게 되었다.

'둘째라서 육아휴직을 쓸 수가 없습니다.'

이유는 '전례가 없어서'였다.

출산한 여성에게 육아휴직은 당연한 권리다. 그러나 대표는 육아휴직을 승인해주지 않았다.

나는 내 권리를 찾기 위해 노동부 문을 두드렸다. 처음 방문한 노동부 상담실에는 회사대표와 비슷한 연배로 보이는 중년남성들이 여럿 앉아 있었다. 무거운 공기가 나를 짓눌렀지만, 간절한 내 마음까진 누르지 못했다. 나는 처한 상황에 대해 설명하며 해결할 방안을 알려달라고 사정했다. 그러나 기대와 달리 녹음기를 틀어놓은 듯 같은 말만 되풀이하는 직원에게, 나는 크게 실망할 수밖에 없었다.

"휴직 처리 안 해주면 노동부에 신고하세요."

아무렇지 않게 툭 던지는 직원의 말에, 그걸 몰라서 내가 여기 왔겠냐며 따지고 싶었지만, 아쉬운 건 내 쪽이니 정중함을 담아 거듭 물었다.

"그래도 안 해주면요?"

"다시 신고하세요. 회사는 다니면서요."

돌아오는 직원의 답에 나는 어떠한 희망도 품을 수 없었다. 회사에 다니면서 신고를 하라니! 노동부에 신고했다는 게 알려지는 즉시, 미운털이 박히는 건 시간문제였다.

노동부에 다녀온 날, 나는 숨이 막혀 밥이 넘어가지 않았다. 여성에게 임신과 출산은 곧 사회로부터 비자발적으로 밀려나는 일임을 뼈저리게 실감했다.

출산일을 앞두고 결국 대표는 출산·육아휴직을 승인해주었다. 그러나 복직은 어려울 거라고 엄포를 놓았다. 얼마 지나지 않아 나보다 앞서 육아휴직에 들어갔던 직원의 퇴사 소식을 접하면서, 나 역시 마음의 준비를 해야만 했다. 그렇게 비자발적으로 백수가 된 우리는 아이가 있는 여성이 자신의 사회적 신분을 유지하는 게 얼마나 어려운 일인지 깨닫게 되었다.

그렇다면 다른 선진국의 경우는 어떨까? '노르딕 대디'라는 신조어가 있을 정도로 아빠 육아휴직이 활발한 노르웨이는 1993년에 세계 최초로 '아버지 할당제daddy quota'를 도입했다. 아버지 할당제는 15주까지 의무적으로 육아휴직을 사용하게 만든 제도다. 현재 노르웨이는 육아휴

154

직 자격이 있는 아버지의 90퍼센트가 이 제도를 사용할 만큼 육아휴직이 확대되었다. 휴직 기간 동안 급여가 전액 가까이 보장되므로 정책 효과는 더 강력했다고 한다. 이렇듯 선진국에서는 여성의 경력단절을 우려하여 휴직 기간을 늘리는 대신 육아 지원정책을 내놓고 있었다.

우리나라도 남성 육아휴직 제도를 찬성하는 목소리가 곳곳에서 흘러나오고 있다. 그러나 현실은 여성의 64퍼센트가 육아휴직을 사용하는 데 비해, 남성은 고작 3.4퍼센트에 그쳐 아쉬움이 크다. 여기에는 사회적인 문제도 분명히 있을 것이다. 육아휴직을 쓰면 알게 모르게 업무상 불이익을 주거나 업무분담을 해야 하는 동료들의 눈총을 받는 등 육아휴직을 써도 고민, 안 써도 고민인 남성들이 꽤 많다. 이것이 주변을 둘러봐도 육아휴직 중인 아빠를 찾아보는 게 모래사장에서 동전을 줍기만큼 어려운 이유다.

전문가들은 저출생을 극복하기 위해 남성이 육아를 '돕는 것'이 아니라 '함께 참여'해야 한다고 강조하고 있다. 하지만 육아는 여전히 부부 공동의 몫이 아닌, 여성에게 치우쳐 있는 현실이 씁쓸하다.

다시 일이 그리운 엄마들

둘째 아이를 출산함과 동시에 고용중단 여성이 된 나는 철저히 사회와 단절된 삶을 살고 있다.

비자발적으로 고용이 중단된 여성으로 살다보면 자주 일하던 때가 그립다. 대략 아이가 대여섯 살쯤 되면 유독 그런 생각을 하게 된다. 일상에 약간의 여유가 생기기 때문이다. 아이의 잔병치레도 덜하고, 갑작스럽게 입원하거나 밤샘 간호를 해야 할 일이 줄어드는 이때, 엄마들은 자기 자신을 유심히 들여다본다. 그리고 당장 큰돈을 벌지 못하더라도 오롯이 자신만을 위한 일을 하고 싶어 한다. 그러나 다시 사회 구성원이 되기 위해선 엄마들은 많은 산을 넘어야 한다.

나와 비슷한 시기에 일자리를 찾고 있던 엄마 친구들과 재취업에 관해 이야기를 나눈 적이 있다.

"언니, 둘째가 4살이라고 하니까 면접관이 질문도 안 하던데요?"

옆에 있던 다른 엄마도 비슷한 경험을 했는지 한마디 거들었다.

"전 경력이 끊긴 지도 오래됐고, 애가 아직 어려서 채용할 수 없다는 말을 대놓고 들은 적도 있어요."

그 옆에서 진지하게 듣고 있던 또 다른 엄마가 포기한 듯 말했다.

"이제 채용 나이도 간당간당하고 근무시간도 안 맞아서 서류나 통과할지 모르겠어요."

엄마들의 하소연을 듣고 있자니 다 내 얘기 같아서 마음이 짠해졌다. 그리고 고용중단 여성의 재취업 문제가 보통 심각한 것이 아님을 느꼈다.

그쯤 나는 새로운 결심을 하게 된 것 같다. 고용이 중단된 여성도 무언가 할 수 있다는 것을 보여주기로 말이다. 비록 사회적 경력은 육아로 공백기를 맞이했지만, 육아를 하면서 또 다른 능력과 경력이 생겼다고 같은 엄마들에게도, 세상에도 알려주고 싶었다.

이 책을 쓰게 된 이유도 그중 하나였다. 간절한 마음으로 글을 쓰면서 느낀 것은 육아로 보낸 지난 8년이란 시간 동안 엄마로서 정말 다양한 일을 해냈다는 것이다. 그리고 지금도 나뿐만 아니라 많은 엄마가 묵묵하게 그 일을 이어나가고 있다. 엄마라는 역할은 책임감 없이 아무나 수행할 수 없는 일임을 나는 글을 쓰면서 재차 실감했다.

일각에서는 육아 기간을 사회적 경력에 포함시켜야 한다는 희망적인 주장도 하고 있다. 아이를 키우는 것에는 다양한 능력이 필요하고, 엄마들은 그것을 충분히 갖추고 있기 때문이다. 의사소통, 공감, 시간관리, 위생관리, 위기관리 능력 등 수없이 많은 능력을 엄마들은 아이를 키우면서 연마하고 쌓아가고 있다. 이는 사회에서 요구하는 그 이상의 수준일 것이다.

성동구는 이런 돌봄 노동의 사회적 가치를 강조하고 여성의 경력단절 문제를 해결하기 위해 행정기관 처음으로 육아 기간을 인정해주는 '경력인정서'를 발급해주고 있다. 나는 이 경력인정서가 재취업에 어려움을 겪고 있는 나와 같은 고용중단 여성들에게 현실적으로 도움이 될 수 있기를 간절히 바란다.

비슷한 시점, 글로벌 구인·구직 소셜 플랫폼인 '링크드인'에서는 엄마들의 육아 기간을 인정해주는 의미 있는 일이 진행되었다. 직업 경력란에 '전업 엄마'와 '전업 아빠'

그리고 '전업 부모'라는 새로운 항목을 공식 추가한 것이다. 이러한 결정을 내리게 된 것은 구직에 나선 한 고용중단 여성의 지적에 의해서였다.

재취업을 위해 이력서를 작성하던 그녀는 두 자녀의 육아에 전념했던 지난 16년을 대표할 만한 경력에 해당하는 항목을 찾을 수 없었다고 한다. '주부'를 뜻하는 하우스와이프Housewife와 홈메이커Homemaker라는 항목이 있었지만, 전업 엄마의 역할과는 다르다고 느껴 '가족 최고 운영 책임자'라는 직함을 만들어 이력서에 기입하게 되었다고 한다.

엄마로서 다양한 능력을 갈고닦은 16년이라는 긴 시간을 공백으로 남기는 대신 새로운 직함을 만들어낸 그녀의 열정에 나는 박수를 보냈다. 우리나라에서도 이런 소식을 접할 수 있길 기대해본다.

아이를 키우다 보면 자꾸 남과 나를 비교하게 된다. 주변의 미혼인 친구나 육아휴직 후 재취업에 성공한 후배들의 활약을 보면서 왠지 나만 뒤처지는 것 같고, 내가 발을 담갔던 세계에서 영영 잊혀질까 두렵기도 하다. 그렇지만 분명한 건 우리도 나아가고 있다는 것이다. 또 다른 세계로 분야를 옮겨왔을 뿐, 우리는 그 누구보다 열심히 달려

나가고 있다. 그러니까 엄마라서 못하는 게 아니라, 엄마라서 무엇이든 할 수 있음을 기억하고 자신감을 갖자. 아이를 키워낸 힘으로 내가 원하는 것을 찾아서 키워보자.

5

**오늘이
가장 좋은 날**

적은 돈이라도 나에게 쓸 수 있는 용기

　언제부턴가 사진 속에서 내 얼굴을 찾아보기가 어려워 졌다. 흔히 하는 모바일 메신저 프로필에서도 내 얼굴 대 신 아이의 사진이 자리를 채운 지 오래다. 아이를 키우는 친구들도 별반 다르지 않았다.

　많은 엄마들이 그렇듯, 나도 아이를 낳고 엄마가 되면 서 나보다는 아이와 남편을 우선으로 생각하게 되었다. 어쩌다 내 옷 하나 사려고 쇼핑몰에 들어가서도 여성복 이 아닌 아동복 코너로 먼저 달려갔다. 누가 그렇게 하라 고 시킨 적도 없는데 몸이 먼저 반응했다.

　이런 우리의 모습은 누군가와 기가 막히게 닮아 있다. 바로 우리들의 엄마다. 남편과 자식이 늘 먼저였던 엄마 는 스스로 희생의 아이콘이 되어 자신보다 남편을, 자식 을 우선으로 여기며 사셨다. 그런데 엄마라고 해서 사고 싶은 거, 먹고 싶은 게 진짜 없을까? 나는 이 물음에 대한 답을 큰고모로부터 얻게 되었다.

큰고모는 국제결혼을 한 뒤 미국에서 살고 있다. 일흔이 넘으셨는데도 정말 젊게 사신다. 얼굴도 일흔이라는 나이가 무색할 정도로 젊어 보이시는데, 고모만의 동안 비결이 있다는 것을 나는 나중에서야 알게 되었다. 고모는 몇 년에 한 번씩 한국에 오신다. 몇 해 전 오랜만에 본 고모는 여전히 젊고, 화려했다. 향수를 뿌렸는지 고모에게서 좋은 향기가 났다. 더욱 화장품이며 머리를 마는 고대기도 챙겨 오신 것을 보고 깜짝 놀랐다. 그보다 더 놀라운 것은 한국에 오실 때마다 어김없이 성형외과에 들른다는 것이었다. 성형외과를 다녀올 때마다 고모는 적게는 5살 많게는 10살까지 어려 보이게 변신했다.

이런 고모를 보면서 솔직히 나는 충격을 받았다. 우리네 엄마들과는 너무 달라서 말이다. 나이가 들어서도 자신을 위해 아낌없이 투자하는 모습이 멋있기까지 했다. 고모의 생활방식과 소비 습관도 한국의 여느 엄마들과는 달랐다. 원하는 게 있으면 아끼지 않고 구매하셨고, 하고 싶은 게 있으면 행동으로 옮기셨다.

나는 이 점을 엄마들이 배워야 한다고 생각했다. 엄마들도 원하는 게 분명히 있다. 하지만 엄마는 엄마의 엄마가 남편과 자식을 위해 희생하는 모습을 보면서 자랐고, 나도 그 모습을 보고 자라왔다. 나도 모르는 사이에 희생을 습득했지만, 엄마로 살아가는 날들이 점점 쌓일수록 가끔은 나를 위해 살고 싶다는 마음이 커졌다.

다행스러운 것은, 요즘 엄마들이 달라지고 있다는 것이다. 어떤 광고회사에서는 출산 후 육아휴직을 거쳐 복직까지 약 2년의 시간을 보내는 여성의 소비력을 분석한 리포트를 내놨다. 리포트에 따르면 여성이 출산 후 2년간 소비한 금액이 임신·출산을 경험하지 않은 여성에 비해 월 소비액이 2배 더 높았다. 출산 직후부터 아기가 10개월이 될 무렵까지는 주로 아기를 위한 쇼핑을 하지만, 이후가 되면 서서히 자신을 위한 쇼핑을 시작하는 엄마들을 일각에서는 '큰손'으로 부르기도 한다는 것이 놀라웠다.

나는 '큰손'처럼 플렉스(젊은 층을 중심으로 부나 귀중품을 과시)하지는 못하더라도, 어쨌거나 엄마인 나를 위한 소비는 환영하는 바이다. 육아는 끝이 보이지 않는 긴 터널을 걷는 것과 같은 일이므로 아이와 나 사이의 균형을 맞추는 일이 어쩌면 가장 중요하다. 그 과정에서 자신에게 하는 투자는 일상의 활력과 자존감 회복에도 도움을 준다고 나는 믿는다.

내가 육아로 고립된 생활을 하고 있을 당시, 세상과 나를 연결해준 것은 다름 아닌 책이었다. 책에 빠져 집중해서 읽고 싶은데 아이가 어리니 도서관에 한번 가는 것도 내겐 벅찬 일이었다. 고민 끝에 나는 한 달에 한 권씩 나를 위해 책을 사기로 했다. 큰돈은 아니었지만 매월 한 권이니, 1년이면 그것도 나름 큰돈이라 용기가 필요했다. 하지만 책은 척박했던 내 삶에 심폐소생을 해주고, 새로운 세상에 눈을 뜨게 해주었으므로 그 돈만큼은 아끼지 않기로 했다.

아이들이 어린이집에 다니기 시작한 후로 나는 시간이 날 때마다 책 한 권을 들고 카페로 달려갔다. 한쪽 구석에 자리 잡고 앉아 좋아하는 커피를 마시면서 아이들이 하원할 때까지 책을 읽고 또 읽었다. 그러면 일상으로부터 해방감을 느끼고, 숨통이 트이는 기분마저 들었다. 좋은 기분은 고스란히 아이에게 전달이 되니 책 한 권과 커피 한 잔 값은 내겐 전혀 아까운 것이 아니었다. 간혹 '이 돈을 모으면 아이가 갖고 싶어 하는 장난감을 사줄 수 있을 텐데…'라며 살짝 흔들릴 때도 있었지만, 적은 돈이라도 내게 투자하는 것은 미래를 위해 저축하는 것과 같다고 굳게 믿기로 했다. 남편 역시 이런 내 생각을 온 마음으로 지지해주었다.

자신을 위해 용기 있게 돈을 써보자. 적은 돈이라도 상관없다. 책 한 권, 꽃 한 다발을 나를 위해 사보자.

찬기가 가시지 않은 주말에 아이들을 데리고 병원에 갔다가 길가에 세워진 꽃 트럭을 만났다. 그냥 지나칠까 하다가 평소 좋아하던 프리지어 한 단을 샀다. 나를 위해서다. 창가의 꽃을 보자니 설거지할 때 왠지 모르게 기분이 좋아지고 귀찮았던 설거지가 즐거워졌다.

그런데 한 가지 아쉬운 점은 꽃이 너무 빨리 시든다는 것이었다. 다시 꽃 트럭 아저씨를 만났을 때 꽃을 오래 두고 볼 수 있는 비법이 있는지 물었다. 아저씨는 내 귀가 솔깃할 만한 비법을 전수해주셨다. 다름 아닌 물에 설탕을 조금 섞는 것이었다. 생소한 방법이었지만, 나는 반신반의하며 꽃병에 물을 담고 설탕 반 스푼을 넣었다. 그랬더니 진짜 평소보다 더 오랫동안 프리지어 꽃을 감상할 수 있었다.

나는 꽃을 피우고 그 싱싱함을 오래 유지하도록 돕는 설탕이 마치 나를 위해 쓰는 돈과 같다는 생각이 들었다. 그래서 단순한 소비가 아닌 나를 위한 투자라고 생각하기로 했다. 만약 인생에 생기를 불어넣고 삶이라는 꽃을 피우고 싶다면, 당장 자신에게 적은 돈이라도 써보길 바란다.

나만의 시간과 공간을 갖는다는 건

하루 중 내가 가장 기다리는 시간은 아이의 하원 시간도 남편의 퇴근 시간도 아닌, 택배가 도착하는 시간이다. 택배 기사님이 문 앞에 택배를 놓고 가실 때면 내 돈으로 내가 구매한 물건이지만, 꼭 선물 받는 기분이 들어 참 좋다. 가끔은 고된 육아 중에 이렇게라도 행복감을 얻을 수 있는 것에 감사할 때가 있다. 도착한 택배는 주로 내가 정리한다. 온라인으로 물건을 구매하는 것도 도착한 물건을 정리하는 것도 모두 내 몫이다. 귀찮을 법도 하지만 내게 의사결정 권한이 있는 그 일이 나는 즐겁다.

문제의 그날, 나는 도착할 택배가 며칠이 지나도 도착하지 않아 온 신경이 곤두서 있었다. 저녁 준비가 한창일 때 퇴근해서 집으로 들어오는 남편의 소리가 들렸다. 우리는 평소처럼 짧은 인사를 나눴고, 나는 다시 저녁 준비에 몰두했다.

"여보, 뭐 택배 올 거 있어?"

남편이 식탁 위에 묵직한 무언가를 올려놓으며 말했다. 나는 저녁 준비에 집중하느라 남편의 말을 흘려듣고 있었다.

"여기 무슨 카드가 있는데? 뭐라고 적혀 있네."

카드라는 말에 하던 일을 멈추고 얼른 뒤돌아봤다. 식탁에는 내가 그토록 기다리던 택배가 놓여 있었다. 지인이 육아로 고생하는 내게 선물을 보냈다고 하여, 몇 날 며칠을 설레는 마음으로 기다렸다. 그토록 기다리던 선물이 도착했음에도 나는 식탁에 놓인 선물을 보자마자 잔뜩 화가 나서 남편에게 소리치고 말았다.

"여보! 왜 남의 선물을 말도 없이 뜯어?"

고운 포장지가 뜯겨져버린 선물을 보는 순간 나도 모르게 화가 났다. 거친 내 말투에 남편도 적잖이 당황한 듯 보였다.

"아니, 정리해주려고 그랬지. 우리가 남이야?"

하지만 남편이 허락 없이 내 물건에 손을 댔다는 것에 나는 이미 이성을 잃은 상태였다.

"딱 봐도 선물이잖아! 받는 사람도 내 이름이고! 그러면 내가 뜯을 수 있게 놔뒀어야지!"

남편은 포장지 하나로 흥분하는 내가 어이가 없었는지 한 마디 내뱉고는, 방문을 쾅 닫으며 들어가버렸다.

"다음부터 택배 상자는 당신이 다 정리해!"

이후 며칠 동안이나 화가 풀리지 않아 나는 남편을 볼 때마다 눈을 흘겼다. 도대체 그깟 선물 포장지가 뭐라고 그렇게까지 화가 난 것일까?

나는 엄마가 되고부터 원하든 원치 않든 내 시간과 물건, 공간까지도 아이들과 남편과 공유하며 살아야 했다. 그런 내게 선물은 단순한 물건 그 이상의 가치였고, 그것을 남편 마음대로 뜯었다는 것에 참을 수 없이 화가 났다. 내 이름이 버젓이 쓰어 있는 예쁘게 포장된 물건을 내 손으로 직접 뜯을 수 없었다는 것에 자유마저 박탈당한 기분이 들었다.

내 소유의 물건 외에도 사라진 것이 있으니, 바로 내 시간과 공간이다. 나는 사람들과 함께 있는 시간을 좋아하지만, 혼자 있는 시간도 소중히 여긴다. 그 시간에 주로 책을 읽거나 평소 보고 싶었던 TV 프로그램을 봤는데, 아이가 태어나면서부터 내 시간이 싹 사라졌다. 아이가 잠에 들지 않는 이상 나를 위한 시간은 꿈도 꿀 수 없었다.

그런데 이것도 행복한 수준이었다. 아이가 하나에서 둘, 셋으로 늘면서, 아이의 낮잠 시간에 책을 펴는 대신 저녁에 먹을 반찬을 만들어야 했다. 남편 것과 아이 반찬 몇 개를 만들고 잠시 숨을 고르는 사이, 아이는 어김없이 깨서 나를 찾았다. 잠깐의 휴식도 허락되지 않던 그때, 나는 어디론가 사라지고 싶었다.

공간도 마찬가지였다. 아이를 낳기 전까지 나는 옷 방 한쪽에 마련해놓은 책상에서 책을 읽고 일했다. 그 공간은 아이가 태어나고 주인이 바뀌었는데, 방 안 가득 아이의 물건으로 채워진 뒤 그 어디에도 내가 머무를 작은 공간은 없어 보였다.

나는 내 시간을 찾기로 했다. 단 몇 시간이라도, 단 몇 분만이라도. 나를 위해 쓸 수 있는 시간이 필요했다. 그래야 숨을 쉴 수 있을 것 같았다.

머릿속으로 내가 쓸 수 있는 숨은 시간을 떠올려봤다. 역시 아이들이 잠든 밤이 제격이었다. 아무 방해도 받지 않고 커피 한 잔에 책을 읽거나 맥주 한 캔에 드라마를 볼 때면, 너무 좋아서 시간 가는 게 아까울 정도였다. 그런데 밤 시간을 즐기다 보면 취침시간이 점점 더 늦어진다는 게 문제였다. 머리로는 딱 한 시간만 보고 자야지 했지만, 몸은 두세 시간이 넘도록 그 자리에서 옴짝달싹하지 않고 앉아 있었다.

172

이런 일이 빈번해질수록 나는 아침에 일어나는 것이 힘에 부치기 시작했다. 이윽고 수면 부족에 시달리자 하루를 시작함과 동시에 '피곤하다'라는 말을 쉴 새 없이 달고 살았다. 이대로 지속하다가는 내 시간을 즐기는 게 아니라 하루를 망칠 것만 같다는 생각이 들었다. 그래서 다른 시간대를 물색해보기로 했다.

내 하루 일과를 자세히 들여다보자 다시금 비는 시간이 보였다. 바로 새벽 시간이었다. 완벽한 올빼미형 인간인 내가 새벽 기상이 가당키나 한 일인가 싶었지만, 내 시간이 간절했던 터라 단 며칠이라도 시도해보기로 했다. 그렇게 시작된 새벽 기상은 하루가 너무 길게 느껴지고 오후 내내 졸음이 쏟아지는 부작용을 낳았다. 하지만 일주일을 넘기자 새벽 시간대에만 누릴 수 있는 상쾌함이 피부로 느껴졌다. 그 상쾌함을 맛보기 위해 나는 매일 아이들이 잠들 때 함께 자고, 아이들이 깨기 전에 일어났다. 나는 이 시간을 '연결되지 않을 권리'*의 시간이라 불렀다.

* 업무시간 외에 업무와 관련된 연락을 받지 않을 권리를 말한다. 노동자의 여가시간 보장과 사생활 보호를 목적으로 한다. 프랑스가 세계 최초로 연결되지 않을 권리를 법제화했다.

나만의 공간도 만들었다. 적당한 장소를 찾아 헤매던 중 식탁만큼 널찍한 안방 화장대가 눈에 들어왔다. 화장품 대신 자리 잡고 있던 아이들의 장난감을 치우고 나니 여기가 나를 위한 공간이라는 것을 직감하게 되었다. 아이들이 잠든 새벽 시간에는 다소 행동에 제약이 따를 수 있는 곳이지만, 같은 공간에서 엄마가 머무르기에 아이들이 자다 깨더라도 안심할 수 있을 것 같았다. 나는 말끔히 치운 화장대에 책과 독서대, 스탠드, 그리고 필기구까지 나만의 방식으로 정렬하고 '공간의 자기화'를 실현했다.

누구보다 자기만의 공간과 시간이 필요한 사람이 엄마다. 나는 어설프게나마 집 안에 나만의 공간을 만들었고, 시간이 허락할 때마다 그곳에 머물며 자유롭게 내 생각과 꿈을 펼치는 중이다.

당신 덕분에

초보 엄마 시절, 아이가 아프면 땅이 꺼지는 듯했다. 아이가 밤새 고열로 끙끙 앓으면 대신 아파주고 싶었고, 코감기로 코가 막히면 조금이라도 편히 잠들 수 있도록 아이가 자는 주변에 썬 양파를 놓아두었다. 또 코를 시원하게 뚫어준다는 오일을 베개 모서리에 열심히 떨어뜨렸다. 아픈 건 아이지만, 밤잠을 설치는 건 언제나 엄마인 내 몫이었다.

날이 밝자마자 나는 아픈 아이를 데리고 서둘러 병원으로 향했다. 아이의 막힌 코를 본 의사는 고개를 들어 나를 한심하다는 듯 쳐다보았다. 그리고는 여과 없는 말을 쏟아내기 시작했다.

"왜 코를 안 빼줬죠?"
"엄마가 돼서 어떻게 이렇게 무지할 수 있나요?"
"엄마 때문에 애 상태가 더 심각해졌어요."

의사의 모진 말은 초보 엄마로서는 감당하기 어려웠고, 밤새 한 노력을 잊게 했다. 나는 당장이라도 흘러내릴 것 같은 눈물을 삼키며 의사에게 사과했다.

"제가 잘 몰라서 그랬어요."

그날 나는 괴로움에 밤잠을 이룰 수 없었다. 그리고 한동안 '너 때문에', '너같이 무지한 엄마 때문에'라는 부정적인 말이 꼬리표처럼 따라다니며 나를 괴롭혔다. 나는 끝내 무기력에 빠졌다.

부정적인 말의 힘은 실로 대단했다.

'나는 무지한 엄마야.'

'나 때문에 애가 더 아픈 거야.'

'난 엄마 자격도 없는 사람이야.'

부정적인 생각이 나를 거세게 몰아붙이며 내 영혼까지 갉아먹었다. 한참이 지나서야 그 굴레에서 벗어났지만, 이따금씩 의사가 한 말이 떠올라 힘들었다.

우연히 주변 엄마를 통해 그 의사에 관해 들은 이야기는 놀라웠다. 언제나 엄마들에게 부정적인 말을 쏟아낸다는 그 의사는 같은 병명이라도 다른 의사에 비해 늘 심각하게 말한다고 했다. 그로 인해 마음의 상처를 받은 엄마들은 다시 그 의사를 찾지 않는다고. 나도 그중 하나였다.

하지만 그에게 진료를 받지 않는다고 끝날 문제가 아니었다. 그가 내 마음에 낸 상처는 오래도록 마음속에 남았으니 말이다.

『프레임』*이라는 책에는 긍정언어에 관한 이야기가 나온다. 1932년, 미국에서 180명의 젊은 여성들이 수녀가 되었다고 한다. 그 감격스러운 순간에 자신의 삶을 소개하는 간증문을 쓰도록 했는데, 180명의 수녀가 쓴 간증문은 70여 년이 지난 후에 학자들의 손에 넘겨졌다. 연구자들은 간증문에 쓰인 단어와 문장을 분석했다. 각 간증문에 얼마나 긍정적인 정서가 표현되어 있는지를 측정했다. 그 결과 어떤 수녀들은 '매우 행복한' 또는 '정말 기쁜'과 같은 단어들을 자주 사용한 반면, 또 다른 수녀들은 자신이 얼마나 행복하고 기쁜지를 말로 잘 표현하지 않았다.

여기서 놀라운 사실은 긍정적인 단어를 많이 사용한 상위 25퍼센트의 수녀들 가운데 90퍼센트가 넘는 이들이 85세까지 장수했고, 긍정적인 단어를 적게 사용한 하위 25퍼센트의 수녀 중에서는 겨우 34퍼센트만이 생존해 있었다. 이 연구 결과를 통해서 나는 우리가 매일 사용하

* 최인철, 『프레임』, 21세기북스, 2021.

는 언어가 삶에도 큰 영향을 준다는 사실을 알게 되었다.

  그래서 나는 내 언어습관부터 바꿔보기로 했다. 부정적
인 언어 대신 긍정적인 언어를 의도적으로 쓰기로 한 것
이다.

  자주 쓰는 단어를 떠올려봤다. 남편의 야근이나 회식
이 생길 때마다 입버릇처럼 썼던 '독박육아'라는 단어가
가장 먼저 생각났다. 이 단어는 사용할 때는 내 입장을 강
력하게 주장하는 것 같아 좋았지만, 쓰고 나면 사랑하는
내 아이를 짐으로 만든 것 같아 항상 마음이 불편했다.
그래서 나는 독박육아라는 단어 대신 단독육아(『무조건
엄마편』*이라는 책에서 처음으로 '단독육아'라는 표현을 봤다.)
로 바꿔 부르기로 했다.

  함께해야 할 일을 온전히 혼자 뒤집어쓰는 독박육아
가 아닌, 내가 주체가 되어서 한다는 의미를 내포하고 있
는 '단독육아'라는 표현이 너무 근사했다. 이 단어를 사용
하면서부터 나만 힘든 게 아니라 남편 역시 그의 위치에
서 최선을 다하고 있다는 것을 인정하게 되었다.

* 한혜진, 『무조건 엄마편』, 위즈덤하우스, 2018.

'때문에'라는 말 역시 '덕분에'로 바꿔 사용하기로 했다. '덕분에' 덕분인지 나는 문제를 보다 긍정적으로 바라보고 말하게 되었다.

'나 때문에 애가 더 아픈 거 같아'가 아니라 '내가 밤새 노력한 덕분에 아이가 이 정도로 아프고 지나가는 거 같아'라고 말하면서, 더는 스스로를 자격 미달 엄마로 만들지 않았다. 긍정적인 언어표현 덕분인지 육아에 자신감도 생겼다.

지금도 나는 긍정언어를 가족과 주변 사람에게 적용하기 위해 부단히 노력하고 있다. 육아로 예민해진 남편과 나는 가끔 서로에게 상처를 주곤 했는데, 몸과 마음이 지친 상태에서는 관계 회복도 쉽지가 않았다.

남편이 야근하던 날, "당신이 자주 야근하기 때문에 내가 너무 힘들잖아"라는 말 대신, 용기를 내어 "당신이 늦게까지 일해준 덕분에 우리 식구가 이렇게 잘살 수 있어"라고 말한 적이 있다. 뾰족하던 남편도 어쩐 일인지 긍정의 말로 화답해주어 내게도 큰 위로가 되었다.

아이에게 절을 하라구요?

도대체 아이가 몇 살쯤 되면 나(우리)는 화를 덜 낼 수 있을까? 이에 선배 엄마들은 아이가 크면 클수록 더하고, 육체적인 피로보다 정신적인 피로도가 더 높아지는 시점이 온다며, 오히려 '지금이 좋을 때'라고 조언했다. 선배 엄마들의 말을 들으면서 나는 육아를 하는 이상 화를 안 낼 수는 없다는 결론에 이르렀다.

그렇다면 지금 내게 필요한 건 화를 어떻게 다스릴까,였다. 나는 당장 육아커뮤니티에 접속해 다른 엄마들은 어떻게 화를 다스리는지 '화 참는 법'을 검색하기 시작했다. 그리고 눈물을 쏙 빼는 어떤 글을 만나게 되었다.

'화날 때 화 누그러뜨리는 방법'

화를 누그러뜨리는 방법이라니! 내게 꼭 필요한 글이었다. 나는 그 어느 때보다 빠른 손놀림으로 글을 훑어 내려갔다. 육아를 하면서 자신의 한계를 느낀다는 그녀는 자꾸만 애꿎은 아이에게 화를 내게 된다며 보통의 엄마가 하는 보통의 하소연을 했다. 그런데 그 글의 댓글은 평범하지가 않았다. 나는 댓글 하나하나를 읽으면서 눈물을 철철 흘렸다. 왜냐고? 너무 웃겨서.

'화가 날 땐 아이 눈썹을 일자로 그려보세요.' 일자 눈썹을 한 아이의 얼굴을 떠올리니 나도 모르게 웃음이 터져나왔다. 하지만 이 댓글은 시작에 불과했다. '등에 화를 업었다 생각하고 둥가둥가 해보세요', '모든 말 앞에 와우!를 붙여보세요' 등, 댓글에 엄마들의 화 참기 노하우가 우르르 쏟아졌다.

나는 그 많은 댓글 중에서도 반응이 가장 뜨거웠던 두 개의 댓글에서 눈물이 나올 정도로 박장대소했다. '방에 들어가서 절을 해요'라는 평범한 댓글에 한 엄마가 '절은 아이한테 하는 거죠? 지금 진지합니다'라는 댓글을 남겨서 나를 포함한 많은 엄마가 쓰러졌다. 원래 댓글의 의미는 수양의 의미로, 잠시 아이와 떨어져서 절을 하면서 화를 다스리라는 듯한 내용으로 보였는데, 아이에게 절을 해야 하냐는 상상치도 못한 글이 달린 것이다. 그리고 실제로 이를 실행에 옮긴 어느 엄마는 '3살, 5살 애들한테 절하니까 되게 좋아하네요'라고 현실 체험기를 올려 또 한번 웃음을 줬다.

그러다가 나는 이보다 더 강력한 댓글 앞에서 결국 무릎을 꿇었다. 내용대로 실천한다면 세상 그 어떤 화도 다 누그러뜨릴 수 있을 것 같았다. '속상하고 우울할 땐 발바닥을 귀에 대고 "여보세요?" 하면 좀 나아진대요.' 이 방법으로도 부족할 거라 생각했는지 글쓴이는 다음 댓글도 남겨 엄마들로부터 폭발적인 반응을 불러일으켰다.

'그러고도 화가 안 풀린다면 반대쪽 발로 "네~ 전화 바꿨습니다" 해보래요.' 글쓴이도 직접 해보진 않았다고 했지만, 방법만으로도 큰 웃음을 주었다. 나는 이 글 덕분에 화를 참기 위해 한동안 별다른 노력을 하지 않아도 됐다.

나는 '나만의 화를 다스리는 법'을 상기해봤다. 평소 운전하면서 음악 듣는 것을 좋아하는 나는 화가 날 때면 남편에게 아이들을 맡기고 드라이브를 갔다. 듣고 싶은 노래를 크게 틀어놓고 신나게 달리고 오는 날이면 스트레스가 사라지는 듯했다. 그리고 가끔은 늦은 밤 혼자 영화를 보면서 스트레스를 달래기도 했다.

하지만 이 방법들은 막내가 태어나고, 남편이 해외파병을 떠나면서 사실상 실행하기 어려워졌다. 일상의 여유라고는 없었던 그때, 나를 위해서라도 아이들을 위해서라도 나만의 화를 다스리는 다른 방법을 찾아야 했다.

그래서 한 예능 프로그램에서 얻은 아이디어로 나만의 '감사 저금통'을 만들어보기로 했다. 감사한 일을 찾아 종이에 적고 저금을 한 뒤, 화가 날 때마다 풀어보기로 한 것이다. 결과는 아주 좋았다. 굳이 종이를 열어보지 않더라도 차곡차곡 쌓여가는 '감사 저금통'을 보는 것만으로도 만족감이 들었다.

　　'아이들이 아프지 않고, 건강하게 잘 자라줘서 감사합니다.'

　　'밤새 아이들이 깨지 않고 잘 자준 덕분에 새벽 시간을 혼자 쓰게 되어 감사합니다.'

　　감사한 일을 찾아 쓰면서부터 내 일상에도 작은 변화가 생겼다. 소소한 일에도 감사함을 느끼게 되었으며 화가 날 때도 '감사 저금통'을 보면서 화를 다스릴 수 있었다. 물론 모든 화를 잠재울 순 없었지만, 나만의 화를 참는 법을 가지고 있다는 것만으로도 왠지 모르게 안심이 됐다.

　　모든 것은 오로지 마음이 지어낸다는 말이 있다.

　　마음이 긍정적이면 보는 시선도 행동도 긍정적으로 변할 것이다. 나는 이 감사의 마음으로 매일 화를 다스리는 중이다.

나는 그들을 꿈친구라 부른다

　내가 어떤 사람인지 궁금하다면 주변 사람을 살펴보라는 말이 있다. 잠시 눈을 감고 내 주변에 가까운 다섯 사람을 떠올려보자. 떠올렸는가? 그 사람들의 평균이 바로 나다. 더 직설적으로 말하자면, 그게 딱 내 수준이라고도 말할 수 있겠다.

　내 주변의 5인을 떠올려보면 대체로 나와 비슷한 부류의 사람들이다. 아이도 중요하지만 자신의 삶도 소중하게 생각하는 그들과 나는 공통점이 참 많다. 늘 바지런히 움직이면서 무언가 배우고 있다는 점, 이루고 싶은 꿈을 가지고 있다는 점까지 우린 많이 닮아 있다. 하지만 우리도 깊숙이 숨겨두었던 꿈을 꺼내기까지 오랜 시간이 걸렸다. 꿈 위에 소복이 쌓인 먼지를 털고 다시 반짝반짝 빛을 내기 위해 우린 매일같이 달리고 있다. 나는 그들을 꿈친구라 부른다.

어렸을 때부터 유난히 하고 싶은 게 많았던 나지만, 아이를 낳고 높은 현실의 벽에 부딪히자 꿈을 꾸는 것은 잠잘 때나 할 수 있는 일이 되었다. 그때의 나는 의욕도 의지도 한 방울 남아 있지 않은 상태였다. 이것은 내 이야기지만, 내 꿈친구의 이야기이기도 하다.

현실 육아는 그리 만만치가 않았다. 내 모든 시간과 영혼을 갈아 넣어야만 겨우 할딱이며 숨을 몰아쉴 수 있었다. 그렇게라도 적응해야 하는 것이 내 아이를 돌보는 일이었다. 육아에 적응해갈수록 내 꿈의 보류 기간도 점점 길어졌다.

그러나 돌이켜보면 육아에 바친 시간 덕분에 나는 나에 대해 더 잘 알게 되었다. 내가 무엇을 좋아하고 잘하는지 알게 되었다. 그러자 다시 무언가 시작해보고 싶다는 마음이 솟구쳐 올랐다.

꿈친구들도 마찬가지였을 것이다. 그래서 오늘도 내 꿈친구들은 육아에 전념하느라 하지 못했던 자격증에 도전하고, 배우고 싶었던 교육을 찾아다니며 수강하고, 오랜 시간 가슴에 품었던 사업 아이템을 꺼내 소소하게나마 온라인 사업을 하고 있다. 그리고 돈이 되지 않는다는 주변의 시선을 이겨내고, 자신의 재능과 경력을 살려 마을 라디오에서 작은 코너를 진행하다가 현재 사무국장이 된 친구도 있다.

그들의 도전을 보며 나도 용기를 냈고, 나를 보고 또 다른 친구가 움직였다. 그렇게 우리는 서로에게 동기부여를 하고 자극제가 되어주었다.

그중에서도 호정 언니는 정말 배울 점이 많은 사람이다. 일, 재테크, 자기개발, 심지어 요리까지 두루 못하는 게 없고 배움에 대한 열정도 충만하다. 최근에는 사회복지사 자격증을 취득하더니 뒤이어 요양보호사 자격증까지 취득해 나를 놀라게 했다.

그렇다고 남들보다 더 많은 시간을 쓰고 있는 것도 아니다. 언니는 아이가 어린이집에 다니기 시작하면서부터 지금까지 5년간 총 4개의 국가자격증을 취득했는데, 이는 미혼이라고 해도 쉽게 내놓을 수 없는 결과물이다. 언니가 5년을 잠시도 쉬지 않고 자신의 꿈을 차곡차곡 쌓아나갈 수 있었던 것은 함께 꿈꾸고 달리는 꿈친구가 있었기에 가능한 일이라 생각한다.

나도 언니 못지않게 배우는 것을 좋아한다. 그래서 언니와 연락할 때마다 새로운 소식을 전하며 "진작에 이렇게 공부했으면 우리 하버드대 가고도 남았겠다"라며, 농담을 곁들인 진심 어린 응원을 보내곤 한다.

주변에 꿈친구 멘토가 없다면 내가 먼저 꿈을 꾸는 사람이 되어보는 건 어떨까? 얼마 전 나는 엄마 친구들을 모아 독서모임을 만들었다. 2주에 한 번씩 만나 각자 읽은 책을 소개하고 육아정보를 공유하면서 우리는 동반성장 중이다. 그리고 작은 꿈을 품을 수 있는 엄마들이 되었다. 시작이 어렵다면 온·오프라인을 통해 엄마의 성장을 돕는 프로그램을 찾아보는 것도 하나의 방법이다. 그곳에서 함께 꿈을 키울 친구를 만난다면 꿈을 이룰 확률이 두 배로 높아질 것이다.

헛헛한 연말의 특별 이벤트

연말이 되면 엄마들은 왠지 모르게 더 바빠진다. 아이의 크리스마스 선물, 한 해의 마지막 날을 보낼 장소와 음식 등, 아이에게 더 좋은 추억을 남겨주고 싶은 마음에 온갖 생각을 짜낸다. 언젠가부터 나는 내 생각과 감정을 후순위로 미뤄두는 게 습관이 되었다. 연말도 별반 다르지 않았다.

내겐 유독 헛헛했던 연말이 있었다. 크리스마스 날 아이를 유산하고 병원에서 돌아오는 길이었다. 나를 기다리고 있을 두 아이를 위해 케이크를 사야 했다. 그때 나는 조금 혼란스러웠다. 이런 상황에서도 나는 아이들을 먼저 생각해야 할까. 나를 다독이고 추스르기 위해 노력한 끝에, 나는 내게 벌어진 일을 자신을 좀더 돌보라는 경고로 받아들였다.

'이제 너도 챙기면서 살으렴.'

그래서 그해 연말, 나는 특별한 이벤트를 계획했다. 나와 같이 열심히 살고 있는 엄마들에게 깜짝 선물을 보내기로 한 것이다. 선물 받을 사람은 고된 육아 전선에서 치열하게 싸워나가고 있는 나의 육아동지들로, 내가 육아로 기쁠 때나 슬플 때, 힘들 때도 늘 곁을 지켜줬던 이들이다.

어떤 선물이 좋을지 며칠을 고민한 끝에 책을 선물하기로 했다. 작지만, 그 가치는 어떤 것으로도 환산할 수 없는 것이 책이라고 생각했다. 나는 육아로 힘들 때 읽은 책 중에 가장 감명 깊고, 육아 동지들이 꼭 읽어봤으면 하는 책을 고르느라 며칠을 고심했다.

온라인으로 책을 주문해 익명으로 발송하던 날, 나는 오랜만에 행복한 기분을 느꼈다. 기분전환은 물론이고, 그간 느껴보지 못한 감정이 내 헛헛한 마음을 어루만지는 듯했다.

책이 도착하고 가장 먼저 연락이 온 것은 호정 언니였다. 촉이 좋은 언니는 익명으로 도착한 선물임에도 단번에 내가 보낸 것이라 확신했다고 한다. 주변에 책 선물할 사람이 나밖에 없다는 거였는데, 나는 그 말에 웃음이 터져버려 이실직고할 수밖에 없었다. 다음날 미화에게서도 전화가 왔다. 여전히 선물 보낸 사람을 추리 중인지 조심스레 내게 물었다.

"혹시 나한테 책 보냈어?"

친구의 반응에 시치미를 떼며 놀려주었다. 나영이와 민주는 끝끝내 머릿속으로 나를 떠올리지 못했는지 뒤늦은 내 연락에 놀라움을 금치 못했다.

3년 전부터 지금까지 연말이 되면 나는 어김없이 육아 동지들에게 책 선물을 한다. 친구들이 선물을 받고 고마움을 전할 때면 나는 받는 기쁨보다 주는 기쁨이 훨씬 더 크다는 것을 느낀다. 이 행복감이 내 연말을 따뜻하게 한다.

지금 떠오르는 사람이 있는가? 올해 연말 그 사람에게 무언가 선물해보는 건 어떨까. 행복의 순환고리는 돌고 돌아 다시 나에게 온다.

모두 책 덕분이다

　예전에 시립도서관에서 운영하는 '독서 마라톤대회'에 참가한 적이 있다. '독서 마라톤대회'는 참가자가 코스를 선택하여 완주하는 것을 목표로, 규칙적으로 독서기록을 하는 대회다. 독서를 마라톤화 시킨 이 대회는 코스마다 정해진 길이가 있다. 1쪽을 2m로 계산하는데, 나는 하프코스를 선택했다. 하프코스는 대략 250~300쪽쯤 되는 책 35권 정도를 읽는다고 보면 된다.

　9개월간 35권가량의 책을 읽고 독서기록을 남겨야 했는데, 이는 내게 참 호기로운 도전이었다. 하고 싶은 일은 일단 저지르고 보는 나로선 이 정도의 도전쯤이야 식은 죽 먹기 수준이었다. 무엇보다도 두 아이를 키우면서도 결코 책을 놓지 않았고 독서기록도 틈틈이 해왔으니 용기를 내봄 직한 일이었다. 그런데도 내가 이 도전을 호기롭다고 표현한 것은 그해 1월에 막내가 태어났기 때문이다.

두 아이와 신생아인 막내까지 돌보면서 과연 내가 목표치의 책을 읽고, 독서기록을 할 수 있을까? 도전에 앞서 의문이 들었다. 그러나 아이들을 키우면서 많은 것이 제한된 내게 '독서 마라톤대회'는 도전 그 이상의 것을 얻을 수 있는 일이었다.

세 아이를 키우면서 책을 읽는다는 것은 생각보다 쉬운 일이 아니었다. 책을 읽다가 아이가 깨면 수유나 기저귀를 가는 등 뒤처리를 해야 했고, 그러다 보면 책의 흐름이 끊어지는 경우가 왕왕 발생했다. 그럴 때마다 나는 다시 처음으로 돌아가 다시 읽기를 반복했다.

책을 읽는 것보다 더 어려운 일은 독서기록을 남기는 일이었다. 독서기록이란 원래 각을 잡고 앉아 집중해서 써야 하는 일이지만, 허락된 시간이 많지 않은 나는 주로 아이가 잠든 틈을 활용해 독서기록을 남겼다. 읽은 내용을 글로 남기는 것은 꽤 시간이 걸리는 일이다. 단번에 술술 써지는 경우는 없다. 대부분 머릿속으로 정리하고 그것을 토대로 요약 작업부터 시작해야 한다. 그렇게 해야만 더욱 짜임새 있게 독서기록을 남길 수 있다.

결과적으로 나는 하프코스를 완주했다. 기간에 딱 맞춰 35권의 책을 읽었고, 35개의 독서기록을 남겼다. 과정은 쉽지 않았지만 노력의 힘을 빌려 결국 나는 해냈다. 그 일을 계기로 나는 성취감과 다른 것에 도전할 용기를 얻었다.

다독가의 입장에서 봤을 땐 '한 달에 고작 4권'이라고 할 수도 있다. 하지만 아이를 키워본 사람이라면, 그것도 신생아 돌봄에 영혼을 갈아 넣어본 사람이라면 책은커녕 제대로 된 일상생활도 어렵다는 것을 잘 알 것이다. 그런 와중에 나는 한 달에 4권의 책을 읽었고 독서기록까지 남겼다. 그렇다고 평소 책 읽는 속도가 빠른 것도 아니다. 정독한다는 핑계로 느림보 거북이 수준으로 책을 읽기에, 한 권을 다 읽으려면 꼬박 일주일을 투자해야 한다.

이제 내가 세 아이를 키우면서 9개월간 35권의 책을 읽은 비결을 소개하려고 한다. 책을 읽고 싶지만 여건이 되지 않는다고 생각하는 엄마들에게 도움이 되길 바란다.

첫 번째, 책을 잘 고르자. 나는 책을 잘 고르는 것부터가 책 읽기의 시작이라고 생각한다. 평소 책을 잘 읽지 않는 사람이라면 더욱 흥미 있는 주제의 책을 선택해야 한다. 흥미 있는 책이란 '이 책이라면 끝까지 읽을 수 있겠다'

라는 마음이 드는 책이다.

두 번째, 얇고 쉬운 책을 고르자. 책 읽기에도 약간의 전략이 필요하다. 특히 기한을 정해서 읽는 경우라면 더욱 그렇다. 평균 250~300쪽에 달하는 책을 계속해서 읽다 보면 어느 순간 진도가 안 나가고 지칠 때가 온다. 독서가들은 이를 책 읽기의 권태기, '책태기'라고도 부른다. 이때 200쪽 안팎의 얇고 이해하기 쉬운 책을 읽으면 책장이 잘 넘어가고, 책 읽는 분위기도 환기가 된다. 책장이 잘 넘어간다고 해서 책 내용도 가볍다고 생각하면 결코 안 된다. 책 두께를 떠나 책마다 주는 여운이 다르기 때문이다.

글밥이 적은 책을 고르는 것도 하나의 팁이다. 예를 들면 『100 인생 그림책』*과 같은 책이다. 이 책은 글밥은 적으나 그림으로 인해 내 뇌리에 선명하게 남아 있는 책 중 하나다. 그렇다고 해서 35권 모두 얇은 책을 고르면 독서력 향상에는 그다지 도움이 되지 않는다.

세 번째, 매일 읽자. 하루 10분이라도 매일 읽는 것이

---

* 하이케 팔러, 『100 인생 그림책』, 사계절, 2019.

가장 중요하다. 독서는 습관이라고 해도 과언이 아니다. 우리 주변에는 독서를 방해하는 것들이 너무 많다. 그중에서도 TV, 스마트폰이 가장 강력한 방해물이다. 그런데 독서하는 습관을 지니고 있으면 이런 방해물에도 아랑곳하지 않고, 독서를 우선순위에 둘 수 있다. 그러기까지 매일 읽어야 한다. 시간을 정해놓고 읽는 것도 좋다. 나는 독서 습관을 들이기 위해 화장실에도 책을 놓아두었고, 잠깐의 여유가 없는 날에도 화장실에 숨어 책을 읽었다.

마지막으로, 내가 '독서 마라톤대회'를 완주할 수 있었던 가장 유용했던 방법은 바로 종이책과 전자도서를 함께 읽는 것이었다. 나는 이 방법으로 정말 많은 책을 읽었다. 신생아였던 막내는 수유 아니면 재우는 일로 하루를 보냈는데, 그런 시간에도 나는 휴대전화로 남의 SNS를 염탐하는 대신 전자책을 읽었다. 아이가 잠들면 종이책으로 갈아타 이어서 읽기도 하고, 새로운 책을 읽기도 했다. 병렬 독서한 덕분에 책 읽는 양도 속도도 빨라졌다. 전자책은 무엇보다도 독서습관을 만들고, 독서력을 높이는 데 큰 역할을 했다.

전자책의 장점은 정말 많다. 특히 시에서 운영하는 시

립도서관 홈페이지에 접속해 도서대출증만 만들면 전자 도서관을 무료로 이용할 수 있다. 무료라고 해서 책이 별로 없거나 오래된 책만 있을 거라는 고정관념은 갖지 않아도 된다. 최신 도서부터 인기 도서까지 취향대로 골라 읽을 수 있으니, 내 돈 안 들이고 수백 수천 권의 책을 무료로 읽을 기회를 얻는 것이다.

이 같은 방법으로 나는 세 아이를 키우면서 '독서 마라톤대회'를 완주하는 쾌거를 이룰 수 있었다. 나만의 방법으로 꾸준히 실행했기 때문이다. 나는 지금도 이 방법으로 한 달에 5권 이상의 책을 꾸준히 읽고 있다.

책 덕분에 나는 새롭게 태어났다. 그리고 이전과 전혀 다른 눈으로 세상을 바라보게 되었다. 무엇보다 오랜 시간 품고 있던 꿈을 다시 꺼내게 되었다. 모두 책 덕분이다.

하루하루가 다 좋은 날이었다

우리나라 사람들은 행복을 멀리서 찾는 특징을 갖고 있다고 한다. '열심히 살다 보면', '언젠가는'이라는 말을 되뇌이며 행복을 기다리지만, 불행하게도 그런 사람들에게는 행복이 쉽게 찾아오지 않는다.

우리는 생애 처음으로 경험하는 극한의 육아 현장에서 솔직히 행복감 대신 좌절을 맛보는 날이 더 많았다. '절대로 둘째는 없어!'라고 다짐했지만, 그것을 잊고 우리는 다시 둘째, 셋째를 낳아 제 발로 극한의 육아 속으로 더 깊이 걸어 들어갔다. 이는 내가 힘들지 않아서도, 고통을 즐기는 사람이어서도 아니다.

그렇지만 아이와 함께한 날 중 지나고 보면 그 어느 날도 행복하지 않았던 적이 없었다. 아이와 내가 처음으로 눈을 맞춘 날, 뒤집기를 시도한 날, '엄마'라고 부르던 날, 스스로 땅을 딛고 일어선 날, 그리고 자박자박 걷던 날 등 하루하루가 다 좋은 날이었다. 우리는 아이와 함께한 그 수많은 날을 통해 행복을 느끼고, 육아의 고통을 이겨냈다.

내가 육아로 힘들 때마다 가장 많이 했던 말은 '지금 내가 잘하고 있는 걸까?'였다. 나는 그렇게 끊임없이 나를 의심했다. 그런데 갑작스러운 남편의 해외파병이 내 인생을 360도 바꿔놨다. 그것도 아주 긍정적으로 말이다. 남편 없이 세 아이를 척척 키우고, 장거리 이사도, 새로운 곳에서의 적응도 잘 해내는 내 모습에서 나는 새로운 나를 발견했다.

나는 이런 내게 반했다. 그리고 아이를 키운 8년이란 시간이 결코 헛되지 않았음을 확신하게 되었다. 만약 내게 주어진 그 하루를 충실하게 보내지 않았더라면 지금의 나도 없었을 것이다. 새로운 나를 발견한 후, 나는 일상의 소중함도 알게 되었다. 그래서 하루를 가장 좋은 날로 만들기 위해 노력하고 있다. 그 좋은 날은 다시 내게 돌아와 내 안에 또 다른 가능성을 찾아내줄 것이다.

행복은 절대 멀리 있지 않다. 그동안 한방의 행복을 기다렸던 나는 이제서야 일상의 소소한 행복이 주는 즐거움을 알게 되었다. 그 즐거움은 마치 맛있는 초콜릿을 아껴가며 나눠 먹을 때 느끼는 작은 즐거움과도 같았다.

지금 행복하길 바란다면 세상에서 가장 좋은 하루를 보내길 바란다. 행복은 '내가 만드는 좋은 하루'에서부터 시작된다.